心灵的牧歌

骆寒超 著

上海文艺出版社

2005年作者摄于法国巴黎

作者简介

骆寒超：教授，研究员，诗学理论家。浙江省诸暨市人。1957年南京大学中文系毕业。曾在文艺界从事文学评论工作多年，任浙江省文联文艺理论研究室主任。1988年初晋升为研究员，同年底调入浙江大学，转评为教授。曾任浙江大学中文系主任，浙江大学文科指导委员会副主任，浙江省政协第五、六、七届委员。系中国作家协会会员，中国诗歌学会理事。1991年起享受国务院特殊津贴。出版有《艾青论》《中国现代诗歌论》《新诗创作论》《骆寒超诗论集》《骆寒超诗论二集》《艾青评传》《新诗主潮论》《20世纪新诗综论》《论新诗的本体规范与秩序建设》《中国诗学·第一部·形式论》（三卷本）等专著十余种，2010年由人民文学出版社出版十二卷本《骆寒超诗学文集》，2017年由上海人民出版社出版两卷本《骆寒超诗论选集》。其中，《中国现代诗歌论》获浙江省第二届哲学社会科学优秀成果一等奖，《骆寒超诗学文集》获教育部第六届高等学校科学研究成果（人文社会科学）奖二等奖。诗学研究之余，也写诗。曾出版诗集《白茸草》。现居杭州，主编大型新诗季刊《星河》。

2008年作者和夫人陈蕊英摄于故乡

2018年作者和夫人陈蕊英摄于西湖

2008年作者全家福摄于杭州

序

骆　苡　骆　蔓

《心灵的牧歌》由我们协助父亲骆寒超编选而成，从某种意义上说，这部诗集具有他一生诗歌创作的总结性意味。

父亲毕生从事诗学理论探求，在多种场合表示过自己无意成为诗人，但为了探求诗歌创作的内在规律，他又毕生断断续续写着诗。还在读高中时期，16岁的他就在当地报刊《当代日报》（即今天的《杭州日报》）等上面发表诗作。这本诗集收诗324首，是从他保留下来的400余首诗中选出来的，分四卷。第一卷为《白茸草》，写于1954年至1976年，这些诗歌唱祖国的新生、青春的幻梦、劳动生活的美好，以及某些日子内心的郁闷，盼求建国初期的美好生活早日回来。第二卷为《燕呢谷》，写于1977年至1989年，这些诗歌颂第二次思想解放和改革开放的时代新境，以及自己献身于祖国现代化建设的愿望，也开始探求新诗的现代化。第三卷为《鹧鸪天》，写于1990年至1996年，它是一组比较严肃的十四行诗，共一百首，聚焦于改革开放之年自己方方面面的生活感受，闪烁着人文主义的思想洁光。第四卷为《星沙滩》，写于1997年至今，是他进入晚年以后，开始对人生、生命和宇宙作哲理性思考之作，写出了一批富有现代色彩的智性追求之作。他还把这本诗集定名为《心灵的牧歌》，我们曾问过他，这样一个题目岂不是和艾青提出的"生活的牧歌"相对立？他回答说不矛盾，二者是辩证统一的，生活是诗歌创作的基础，艾青是对的，但是诚如黑格尔在《诗学》第一卷一开头就说的,至高层次的艺术真实是心灵的真实,只有将生活升华为心灵的感受,才是至美的。所以《心灵的牧歌》表明这是一卷具有生活溶化在心灵中的抒情特质。

  在编选这部诗集时,我们曾经和父亲多次探讨过诗歌创作根本性的一些问题,他根据自己创作中的体会提出一个抒情坐标系统的主张,认为这是诗创作根本性的出发点。这个坐标系统的经线指把握诗歌真实世界而言,是由自我体验、社会感受和宇宙感应递进而成的一条线。纬线指表现诗歌真实世界,由意象、意境和象征递进而成的一条线,有了这样一个经纬坐标系统,才会有至高层次的抒情真实。他还就这两条线的具体含义作了阐述,就经线而言,自我体验指的是出于自我人性的体验,但自我必须通向社会,所以进一步要求扩大抒情范围推向社会感受,这是有成就的诗人必须具有的,但是这两方面的结合,只是地球相对时空中的抒情,他还提出必须把这两方面辩证统一的抒情再推向宇宙感应,也就是说在宇宙绝对时空中去观照地球相对时空才能具有非同一般的创作高度。就纬线方面而言,诗必须立足于意象抒情,没有意象就不成其为诗。但只是靠意象也就会成为八宝楼台,一批物象的堆砌,感兴不强,只有把意象巧妙有机的组合推向意境才能避免这个缺点,意境指对意象作具体而真切的体味而言,因此意境有兴发感动功能,也就是氛围创造,这个氛围极重要,能使意境推向象征。在他看来,诗歌的至美至高境界是象征,没有象征,诗歌境界总不高。

  父亲这样一个抒情坐标系统对他自己的诗创作的确起了良好的作用。在我们看来至少有三点值得肯定。第一点是由于他坚持宇宙绝对时空和地球相对时空的辩证统一,他的诗抒情境界就比较高,从这样一个创作高度出发,他写了一些还算够得上水平的诗,如《时间化石》《毋忘花》《羊栏哀歌》《海燕的诞生》《塔玛拉》《河姆渡》

《鹧鸪天》《雪茄》《平安夜》《隋梅》《远在天涯》《胡马》《月出》《茅店月》《暮云》《边秋》等。第二点是他强调意象抒情,使他的诗不管是客观意象或主观意象,都具有较强的兴发感动功能。十四行诗集《鹧鸪天》,就几乎都是意象组合而成,尤其是他把诗歌语言和体式都看成是语言的语调意象和体式的节奏意象,扩大了运用意象的范围,以及解决了诗歌创作中争论不休的文白之分和自由诗格律诗之分,这样的追求使他的诗不仅语言优美、文言白话口语杂用,也写了既有格律体又有自由体的诗。在一般学界人士看来父亲是主张用格律体写诗的,其实他也写了不少自由体诗,特别是最近这几年,他一批二十行体的自由诗就具有抑扬顿挫的语调节奏。第三点是由于他总是坚持从自我体验出发,所以他的诗大多充满激情,譬如《羊栏哀歌》就是他被打入牛棚去养羊期间某个深秋的傍晚,看到关在栏里的几只小羊仰望微雨的暮天,充满悲调的在哞哞叫唤,联想起自己的身世正和小羊一样,生活里也有一道栏栅,引起了强烈的冲动,于十几分钟之内在羊栏边写成了这首节奏意象极生动的自由格律体兼容的诗,靠的就是自我体验的强烈激情。最近他看到一本刚进大学时的笔记本,里面有听课的笔记和一些人生感怀的抒写,想起这本笔记伴他几十年,引起了强烈的冲动,写下一首二十行的自由体诗《笔记本》。诗的最后他这样写:

  我遥远了的昨天啊
  乐游原上笛一声
  呜咽的残梦消散了
  从时间的深沟里升腾起来的
  这个白头人,却犹在
  长亭更短亭地赶着路……

这样的抒情出于一个88岁老人之口，就充分地显示着他心灵的情热还始终不衰退。因此他的诗耐读，读来总让人感到人性的亲切。

我们把父亲诗歌创作的这些优点讲给他听时，还补充了一句："中国新诗要发展看来还得走这条路。"他听后沉思了一会说："你们错了，条条道路通罗马，我只是走了其中的一条，你们切不可作这样的设想。"

这是我们的父亲为人为文的风格。

2024 年 1 月 10 日定稿

目　录

卷一　白茸草

003　风雨亭放歌
004　车过吴城
005　仲夏夜长吟
012　问候
013　静夜思
017　三月的黄昏
019　我得走了
020　离恨
021　断章（一）
022　断章（二）
023　小镇夜曲
024　海滩
025　风车
026　渔家速写
027　晚归
028　瑶溪一瞥
029　夜滩
030　牧女
031　水乡夜曲
032　星天
033　两地相思
034　秋种
035　旷野的平衡
036　牧歌
038　六月谣
039　泥土
040　我们像两朵漂泊的云
041　暮雨在窗外飘飞
042　我不想像济慈那样
043　忆
044　我的心是一座广寒宫殿
045　我前来造访
048　灯光
049　若耶郊游曲
051　若耶相思曲
053　若耶怀古曲
055　候鸟
057　春天的林园
059　我从爱情的天国里来
061　相思船
062　呵,你美丽的牧羊姑娘
063　羊栏哀歌
065　呵,五月
069　山泉
070　盲诗人
071　时间化石

073 毋忘花 085 母校
076 我不是一朵白云 086 三楼
077 致友人 087 船又离去了
078 生活，请放开我吧 089 寄远方（一）
079 客舍 091 寄远方（二）
080 若耶溪 093 听歌
081 家山 099 梦
082 灰尘 100 江和桥
083 燕巢 101 夜记
084 古石桥 102 晚步

卷二　燕呢谷

105 春歌 143 摇篮
106 岁暮夜抒情 144 生命路
111 梦幻曲 145 宇宙新客
114 泽畔吟（一） 147 车过乌鞘岭
116 泽畔吟（二） 148 紫色的青春年华
117 泽畔吟（三） 150 永恒的瞬息
118 泽畔吟（四） 152 悸动
119 泽畔吟（五） 154 陨石
120 读《怀念》 156 路谏
122 苏州的陷落（断片） 158 智慧的生命树
126 梦游吟 160 阳关
135 恶魔 162 驼铃
137 海燕的诞生 163 妙高台怀古
139 铁门 164 塔玛拉
140 绿叶 165 幻望
141 石头 166 纯美的芬芳
142 梦歌 167 碧色的辽远

168 幽思
169 缱绻
170 路亭
171 灵魂的安谧
172 季候
173 思恋
174 告别
175 巴东滩
176 天城峰
177 浔阳夜雨
178 北戴河
179 新岸
180 秦皇岛

181 塘栖
182 乌镇
183 南浔
184 太湖心曲
185 湖州夜话
186 天山
187 飞天
188 火焰山
189 谒荥阳李商隐墓
190 孟夏
191 浪游者的梦
192 心灵拓荒者

卷三 鹧鸪天

195 河姆渡
196 梦之谷
197 时间
198 幻化
199 三危石
200 千岛湖
201 天姥山
202 楼兰梦(一)
203 楼兰梦(二)
204 玫瑰
205 燕呢滩
206 蓝烟
207 红柳
208 意志的脚步

209 骑士梦
210 伊甸园
211 荒洲
212 伽兰夜歌
213 生命树
214 生命的荒芜
215 榴花
216 江南春
217 烟霞洞
218 芦苇
219 透明的喧哗
220 芳甸
221 梭罗河
222 梦泉湖

003

223 四月的温馨
224 长巷
225 海思
226 北国草
227 音尘
228 水风
229 伊人岛
230 幻望
231 风涛
232 珠贝
233 月亮船
234 站口
235 白梦
236 游丝
237 钓雪
238 秋水
239 初雪
240 梅雨
241 飞碟
242 陨声
243 燕草
244 古池
245 鹧鸪天
246 生之歌
247 浪淘沙
248 风景
249 苦楝树
250 寂寞与欢乐
251 凉州词

252 霜天晓角
253 蒙娜·丽莎
254 灵界的智者
255 玫瑰花雨
256 自由的元素
257 阴郁的行云
258 天方梦
259 梦思
260 空山灵雨
261 密拉波蓝桥
262 蓝色的相思
263 辽阔的音域
264 断桥残雪
265 苏堤春晓
266 柳浪闻莺
267 南屏晚钟
268 平湖秋月
269 雷峰夕照
270 莫高窟
271 沧浪亭
272 稻垛
273 晓风残月
274 紫结
275 飘风
276 落叶
277 风雪夜归人
278 平安夜
279 沙沫
280 寒鸦

281 精神的洪荒
282 仲夏
283 雪笳
284 早醒者
285 精魂
286 云霓
287 隋梅

288 剡溪
289 阳明祭
290 玕琪树
291 山阴道
292 惆怅溪
293 金银滩
294 金秋

卷四　星沙滩

297 新西伯利亚
299 莫斯科
300 红场
301 反法西斯战士墓地
302 露西亚之恋
303 斯科普里
304 奥赫里德
305 斯特鲁加
306 泰托沃
307 马其顿之恋
308 巴黎行
310 新西兰
311 罗托鲁瓦
312 皇后镇
313 悉尼
314 澳大利亚
315 霓虹
316 悼子铭（一）
318 悼子铭（二）
319 枫桥夜泊

320 西王母之歌
321 夜步贵德城郊
322 雪线上
324 野火
326 我的路
328 珊瑚枝
329 求是村边的林荫小道
332 古运河边
334 飞船
336 荒江风雪
340 鹰的高度
342 泛滥
344 梦
345 彼岸
348 茶马古道
350 夜读
351 季候病
352 感觉的复活
353 幻现
354 暮云

355 雪夜
356 边秋
357 江流
358 胡马
359 越鸟
360 云外
361 月涌
362 茅店月
363 板桥霜
364 海日
365 孤烟直
366 落日
367 寒川
368 江清
369 钟声
370 月出
371 残夜
372 晚来
373 出阳关
374 孤城
375 远芳
376 尺八
377 远在天涯
378 春江
379 钓雪
380 心远
381 游子

382 野旷
383 飘泊
384 一叶
385 春波
386 云深处
387 梦游
388 烟波江上
389 江流
390 夜游
391 西岭
392 万里船
393 登顶
394 流浪汉
395 浣纱石
396 阳光
397 路（一）
398 路（二）
399 笔记本
400 日月山（一）
401 日月山（二）
402 日月山（三）
403 鸥鸟
404 朝圣
405 星沙滩

406 后　记

卷一　白茸草

风雨亭放歌

鉴湖的身畔,晓星初现的地方
古城的巨手托起了一座山岗
在那鹰隼啸傲地栖息的峰顶
风雨亭曾把纷乱的世纪眺望

多少次喷血的呐喊散入苍茫
山岗上草色青青又变成苍黄
每当乌云挟带着闪电掠过时
亭角的簷铃发出紫色的吟唱

今天我们走来了,来自扬子江
越州开花的大地无边的芬芳
鸽哨在蓝天下悠扬,白云遨游
湖水迢遥地闪来了金色波光

啊,歌唱吧,祖国已升起了新阳
"秋风秋雨"的时代已彻底消亡
唱一唱:民族的骄子哟,你安息吧
我们会生活得像你一样的荣光

1954年5月

车过吴城

早春的初夜车经过吴城
烟柳的长街有梦的氤氲
梆声敲沉了小镇的灯火
我在寻找你把双眼圆睁

可你在哪里呢,我的海伦
哪盏灯正守着你的青春
碧天上浮出了一痕眉月
茫茫白澄湖是我的哀魂……

1954年春

仲夏夜长吟

啊,月光幽幽
啊,虫声长吟
啊,我的心
我的心正在呼唤
远方的人哟
你会感到吗,海伦

一年了……

西湖的水呵
由凉又变温
白堤的草呵
由黄又变青
我们的分离呵
已一年有零

哎,纵使你站在断桥边
寻找自己水中的面影
(那儿,保俶塔上有鹰在飞哟
南屏山下有暮钟声声)
而在你旁边
还有个影儿跟得紧紧
这就是我哟

我那寂寞的心魂

哎,纵使你走在风水埂上
寻找自己童年的足印
(那儿,松鼠在松荫里吱吱叫哟
湖水明净得像你双睛)
而在你旁边
还有个人儿和你同行
这就是我呦
我那寂寞的心魂

哎,纵使你放歌在古荡校园
抒唱自己理想的美梦
(那儿,柳丝柔美得像你的发哟
蝉鸣声游丝样浮浮沉沉)
而在你旁边
还有个男声在和唱
这就是我呦
我那寂寞的心魂

一年了……

一年来
多少个苦雨的夜
陪伴着我——
一个无眠的人

一年来
多少次对月怀想
折磨着我——
一颗十九岁的心
我那情感的小船哟
一次又一次
朝向时间的逆流航行——

忘不了
正当西山的太阳
染红东山岭
田野的小径
扬起灰尘
一群年轻的劳动军
肩荷锄
踏上归程的时分
你在我身边忽地唱起
"我们是革命青年"的歌儿
那情,那景……

忘不了
正当五月的朝霞
映红了花林
竹园里响着
斑鸠渴求的唤声
我躲在假山石边

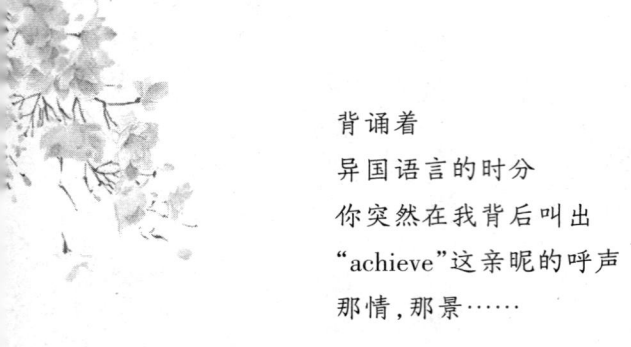

背诵着
异国语言的时分
你突然在我背后叫出
"achieve"这亲昵的呼声
那情，那景……

忘不了
正当蚯蚓在唱着
泥土的歌
遥远处传来
洞箫的低吟
我们同坐在西子湖滨
畅谈着
童年、大海和星星
你忽而向我深情的一瞥
又默默低下头颅
那情，那景……

遥远了呵
遥远了呵

梦样的回忆
逝去了
像小河流向迢迢大海
像苍鹰飞向茫茫云层
而我突然又看到

这幽幽月光
而我突然又听到
这长吟虫声
而我突然又感到
这是一九五四年
一个仲夏的初夜时分

今夜,我的心海哟
已再难平静

那么,远方的人儿
允我在扬子江边
重整起断弦的琴
为你奏一支
怀念的心声——

这时候,你在哪里呢
海伦
你可也像我一样
乘上回忆的小船
在那激情之流里
飘零
寻找着我的身影
你可也像我一样
仰望着中天明月
让你感伤的泪珠儿

晶莹
浸湿了一方绢巾

呵,我好像听到了
你那甜蜜的梦呓
清亮的笑声
你是在梦的小径
柔情地低诵
我写的诗吗
你是在梦中又和我来到
月下的西湖畔
同数着湖底
初现的明星……

远方的人哟
只要在你少女的心中
真地深植着
我这朵永不凋谢的花儿
我的心湖
也就会平静

而在这平静的心湖上
我照见了自己的身影

我看见自己
正在向人生的戈壁行进
你那歌儿呵
你那呼唤呵
你那含愁的双睛
是我漫漫旅途中
一声声驼铃

啊,月光幽幽
啊,虫声长吟
啊,我那怀念的歌儿
正越过山巅
飞来了
正越过河流
飞来了
你能听一听
这一支仲夏之夜的梦歌吗
海伦……

问候

金属的铿锵,铁轨的闪光
迷离着丛林野河的梦乡
山川和平野,灯光和星光
车窗外是一片夜雾迷茫

驰荡,驰荡,车开向前方
我的心魂儿却往后飞翔
仆仆风尘的天涯游子哟
痴念着白澄湖边的姑娘

寂寞的人儿,我的女王
允我的相思来绕你睡床
允我悄悄儿问候一句
"海伦,你可睡得安康?"

1954年6月

静夜思

夜来了,像暗潮,潮在悄悄涨
涨遍了石头城大街和小巷

夜来了,月初上,星星在歌唱
我也要对你默默地怀想

我幸福,因为二十的年华
青春的荒原上花终于开放

我喜悦,因为激情的喷泉
已让初爱的阳光照得金亮

啊,多么好,当我想到大地上
真有个你存在,长睫毛姑娘

啊,多么好,当我想到人世间
真会有你对我情意深长……

幻想呦,变得像野马一样
长嘶一声,跃出了古城墙

穿丛林,越山岗,飞渡扬子江
踏遍了江南,野马在寻访

海伦,你在干着什么呢
黄昏星该也已流进蓝窗

宇宙啊,多辽阔,渺渺茫茫
你此刻在哪团夜雾里隐藏

你该熄灭了发热的灯光
悄悄儿放下碧纱的蓝窗

你该披散了蓬松的长发
任夜风吹拂得飘飘荡荡

你该横起了那一支明笛
幽亮地吹一曲《深深的海洋》……

你该呵,你该呵,你该怎样呢
我只能甜甜地作着猜想

早秋的初夜,初夜的山城
白灵溪上浮荡着莲荷香

松明的船坞,竹梆的街巷
归鸟叫一声飞向枫林岗

呵,海伦,你忽的扑出蓝窗
长睫毛忽闪着缀满泪光

呵,海伦,你又抬起头来了
把一对清亮的大眼闭上

呵,海伦,你又低低的叹一声
刹那间脸红成一朵海棠

流萤惊疑了,提灯来探望
星星私议着,你为何这样

莫不是烟水迷蒙的远方
勾起了你那美丽的惆怅

远方呵,平芜尽处是暮山
行人呵,更在暮山外流浪

哎,谁叫逝川无尽的流波
摇漾在你我灵魂的荒野上

哎,谁叫寂寞凝成的星芒
陨落在你我平寂的梦乡

哎，谁叫夜莺在青春的枝头
为你我把那小夜曲吟唱

那就请允我让幻想的野马
在你蓝窗下彻夜彷徨

衔来你那颗晶莹的泪珠
献上我这曲相思的乐章……

三月的黄昏

你说:你的心是三月的黄昏
透明的,透明的
明月浸润着一片花林
那么,我该是漂泊的云
驮来了一团阴影
遮暗了月光,遮暗花林
再没有透明的黄昏……

(呵,恕我吧
我的爱罪孽深深)

你说:你的心是三月的黄昏
潇洒的,潇洒的
小楼回荡着明笛声声
那么,我该是闪电雷鸣
唤来了风声雨声
淹没了小楼,淹没笛韵
再没有潇洒的黄昏……

(呵,恕我吧
我的爱罪孽深深)

你说:你的心是三月的黄昏

梦幻的，梦幻的
春水浮荡着几瓣梅痕
那么，我该是一叶颓舟
在你的波心沉沦
揉皱了春水，揉皱梅痕
再没有梦幻的黄昏……

（呵，恕我吧
我的爱罪孽深深）

我得走了

八月的艳阳天忽变得阴沉
蓝色的梦幻阁也刹时消遁
鸟儿不再唱,蝶儿不再舞
只有那秋蝉儿惆怅地长鸣
啊,我得走了,匆匆来匆匆去
无情的汽笛声已在催人

时间呦,答应我暂停一停
答应我这一颗滴血的心魂
再一次踏遍这一座楼台
我曾经神游千遍的园林
啊,我得走了,匆匆来匆匆去
叫我怎么能跨得出此门

这刻儿你还在把歌儿低哼
我生命之光哟,我的海伦
同走在一起,心跳在一起
你那含愁的双睛如电灼人
啊,我得走了,匆匆来匆匆去
我真想在这里埋葬青春

1957年8月

离恨

别了,别了,泥泞的小巷已经走尽
离雁哀哀,各自飞向了茫茫前程
别了,别了,不败的鲜花终于凋零
西风呜呜,该是陇头的流水呜咽

何必握手,也不用约下再见的时期
不用离歌,也何必抛洒绝望的泪晶
你去,像候鸟去寻找另一片园林
你去,莫管我心野上残叶儿纷纷

暮秋的桥头飘走了你一叶帆影
风沙的戈壁回荡着我数声驼铃
呵,举双手向苍天诅咒命运吧
呵,咬破唇皮把紫血咽入深心

1957年8月

断章(一)

哪一天我突然夭亡
你就用海水把我埋葬
我要永伴那滔滔汪洋
做一个自由的波浪

1958年1月

断章(二)

我还有追求,还有期望
美丽的幻想还筑着殿堂
我还有眷恋,还有情感
冰山的底层也仍是岩浆

1958年1月

小镇夜曲

连最后一盏电灯也熄了
最后一扇百叶窗也关了
连北头桥的菜馆店
也已经冷却了炉灶

沐一身郊原的稻香
夜从航船的落帆上来
蝙蝠透明的翅膀
正在电线上拨弹歌吹

连豆腐作坊的水磨
也已旋转得困倦了
连深巷里夜游的狗
也不再惊觉地吠叫

这时,只有碾米厂里
马达急越的吼声传来
在万籁俱寂的深宵时分
这音响染着最鲜艳色彩

1958年9月

海滩

八月，海滩在骄阳下
袒露着宽阔的胸膛
从那光雾的闪耀中
鱼腥风迷乱地流荡

潮声从深海里传来
像轻雷滚碾在远方
在苍穹沉落的水涯
白帆像云彩在飞翔

几头吃草的黄牛
点缀了无边的空旷
牧童悠扬的笛声
在茂草烟柳间回荡

忽儿打海天深处
撒下片繁杂的声响
白鸟像天国仙女
相约来七里滩逛逛

1958年10月

风车

你这古老的风车
立在野河边
天风给了你生命
将水磨推转

旋动白色的翅翼
把阳光撩乱
你是多么想飞翔
逍遥在云天

可是磨盘拖住你
像一副枷榫
你只能终生长叹
命运的悲惨

渔家速写

东海滨,高粱圈住了楼房
像一堵珍珠镶嵌的围墙
墙里有鸡啼,墙根瓜秧
墙外的贝壳路摊着渔网

东海滨,高粱遮起了楼窗
渔家女在窗畔怅望渔港
手攀高粱秆,自言自语
"哪一片白帆载你返航?"

晚归

八月天秋稻已经扬花了
九里畈漂浮着一片芳菲
当我荷着锄走过田陇
稻花像雪花纷纷飘来

一天的农活已经干完了
我浴着晚霞光踏歌而归
长长一个影身后拖着
几只白蝴蝶身边乱飞

瑶溪一瞥

岸壁上野菊花已经憔悴
溪滩里水浮莲也都枯萎
昨天，当我从这里经过
一群雀鸟在溪床上徘徊

今天，我又到这里来了
溪水中却映着朵朵云彩
昨夜并没有下过暴风雨
那可是水库放下了蓄水

     1958年10月

夜滩

六月,骄阳把瑶溪晒干
夜滩上满是河蚌田螺
青苔的岸壁螃蟹在横行
茂草深处有水蛇游过

繁星下岸柳的疏影婆娑
几个渔家女在溪中摸索
擎一枝松明,口哼着山歌
满畈的蛙声潮一样应和

1959年10月四甲

牧女

赤裸着双脚赶着鹅群
哼着歌出没芦苇丛中
采朵野樱花插在鬓边
蝴蝶乱纷纷把她追踪

身倚着柳树口含草芽
蜻蜓悄悄来辫梢停下
她一动不动想着什么
远方的湖水映着云霞

1960年4月仙庄

水乡夜曲

三支桨打碎了水底蓝天
野鸭惊吓得扑楞楞飞散
迎面有桂花风阵阵飘来
幽香梦一般在江上弥漫

载一船河泥，一船星天
发上是霜花，额角是汗
穿过九里畈一个个桥洞
水乡的野狗激情地叫唤……

1960年10月仙庄

星天

这是个长夏夜,繁星满天
他又见到故乡的灵碧山
人如在梦境里心在思念
美丽的瑶溪可依旧潺潺

瑶溪是他生命的摇篮
他喝瑶溪水长大,成年
夏夜龙骨车歌唱的时候
溪水里一片灿烂星天

迢遥的梦影还在闪现
忽感到阵阵干风拂面
大路扬尘沙夜蝉嘶叫
心胸闷闷的呼吸急喘

莫非又碰上了一场干旱
九里畈枯萎成焦黄一片
车水的爹呀仰天叹息着
瑶溪水奏不响水声潺潺

然而这念头全属虚幻
灵碧水库上波光闪闪
抽水机唱着时代进行曲
瑶溪水映着片灿烂星天……

两地相思

烟水间流萤忽闪的蓝光
编织起暮色迷离的纱帐
星天在溪水中脉脉摇荡
溪风飘来了舒坦的清凉

这刻儿可还有谁家姑娘
正在把灵碧村山歌吟唱:
斑鸠鸟唤着戏水的鹅群
在那红菱花盛开的地方……

你一阵惊喜,又一阵迷茫
这不是女儿?女儿在唱?
可她在哪里?她在哪里?
泪眼空落在广播喇叭上

牧鹅的姑娘早改换戎装
告别了灵碧山告别亲娘
去边疆慰问,去电台演唱
是电波把怀念送回家乡

草原和海港,街街巷巷
灵碧村山歌到处在飞扬
河边的娘啊,含泪地想:
"你没忘家乡没忘我娘……"

秋种

八月，天空怀上了幻云
大地也有了爱情的丰盈
番茄藤像绒毯铺盖沙地
金发的玉米在迎风哦吟

当镰刀还在稻海里逐浪
当纤手还在棉桃上弹唱
老牛又拖着铧犁走来了
鹰掠过掉一串金属音响

秋水边忽闪着艳红头巾
撩动庄稼汉青春的激情
前头挥着锄，后面点种
野风兜满了一片欢欣

我们在收获金色的秋光
也要在秋光里播下希望——
一粒粒种子播入进大地
等明春飘来生活的芬芳

旷野的平衡

雄鹰猛击翅直俯冲地面
啄食的鸡惊飞水鸭乱窜
锄头、牛鞭,旷野骚乱了
风暴的呐喊如惊涛拍岸

秋阳里黑影又掠向遥远
鸡仍在啄食,鸭在戏睡莲
一切都好像并未发生过
绿色里牛犁田银锄闪闪

这就是世界潜在的规范
有动荡有激奋也须安闲
遗忘的平衡调节着生活
这旷野摊着哲理文一篇

牧歌

隐隐的青山浮着云雾
迢迢的小河荡着白波
野草哟,露水多
牛羊哟,满河谷
野花儿飘飘水心落
撩动了鱼儿掀波跃
(小伙子他笑对我
唱哟唱哟唱牧歌)

老榕树叶多影儿婆娑
攀着枝桠桠你捉鸟雀
蓝天哟,鹰飞掠
碧水哟,鹅沐浴
风过艳阳天云影落
惊呆了小牛忙去捉
(小伙子他笑对我
唱哟唱哟唱牧歌)

玩倦的羔羊草上躺着
沉醉的老牛静望天阔
白帆哟,桥边落
蝴蝶哟,花心宿
晚霞映现在你眼里

这刻儿你正想什么
（小伙子他笑对我
唱哟唱哟唱牧歌）

1960年10月仙庄

六月谣

六月的旷野稻已熟透
谷穗沉垂下珍珠的头
小径更窄了,蛛网纠缠
无边的野风彻声狂吼

六月的灵碧山云影浮游
骄阳朗照着蝉在歌讴
为了迎接收获季到来
玉米已挥舞火炬等候

六月的瑶溪明波悠悠
一朵朵莲荷欲开还羞
岸边柳荫下一头老牛
畅望着这片金色田畴

六月的农庄笑歌不休
竹篾匠在把箩筐整修
几个老爷子闲坐村口
争论着年景吸着烟斗

六月的大地已近丰收
你就满怀着信心前走
不必有夷犹,不必夷犹
美好的日子等在前头

泥土

当我漫游在海北天南
曾把你带在我的身边
像带着爱情,带着温暖
带着美丽的枫溪平原

这儿有一条根须纠缠
谅必曾有过花开鲜艳
当牧鹅姑娘踏遍溪滩
该把花摘去插在鬓边

这儿有一个细洞蜿蜒
莫不是蚯蚓做过家园
我想起来了,六月的夜
九里畈蚯蚓唱得多欢

我也想起瑶溪灵碧山
想起紫浪湖荡着睡莲
想起抽水机,还有电线
嗡嗡奏鸣着网住田原

今夜我坐在瓯江岸边
忽闻到你正把芬芳飘散
我悸动了啊,我得归去
九里畈已在向我作召唤

我们像两朵漂泊的云

我们像两朵漂泊的云
偶尔在这里相逢
只要悄悄的掠过阵风
就又会各自西东

我将寂寞地生活下去
心怀着一片悸动
你的歌声和你的笑容
编织我青春的梦

1962年秋

暮雨在窗外飘飞

暮雨在窗外飘飞
你和我同坐在室内
壁灯吐放的光芒
照亮了人影儿一对

你的脸一片红绯
我的眼放出了光彩
你带我超越苦难
去神圣的伊甸徘徊

世路是那么坎坷
心魂儿又如此阴晦
可是我只要有你
生活着就变得可爱

1963年春

我不想像济慈那样

我不想像济慈那样
把自己写在水上①
让流水掩映着白云
魂在水云间浮荡

我只想让我的形象
镂刻在她的心上
让她在寂寞的时刻
感受到爱和阳光

注：①济慈在自拟的铭文中有："把名字写在水上的人在此长眠。"

忆

你又推开了
我回忆的门
捧着玫瑰花进来
和你的笑声

于是我又有春天
我又有欢欣
阳光孕满了
荒芜的园林

我的心是一座广寒宫殿

我的心是一座广寒宫殿
高高地挂在空漠的夜天
白云飘走了几多的岁月
珠帘长掩着寂寞的台榭

是哪一阵风儿将你吹来
声声叩打我深宫的门环
姑娘，假如你真会是嫦娥
我就送给你这一座宫殿

1963年秋

我前来造访

也曾身倚遍白石桥栏
望江水流逝盼你归返
也曾踏遍了古镇街巷
期待能和你邂逅相见

可是这一切全是枉然
失望总是将希望欺骗
我的听觉捉不住你的歌
视线也抓不住你的小辫

今天好像是做梦一般
我总算把你的地址访见
于是像圣徒前去朝圣
我前来造访你的家园

呵,青砖垒砌的瓦舍
瓜棚遮荫着小楼窗栏
想夏天你定倚窗而立
望新月出山浮想联翩

可而今瓜落藤枯
小楼上人儿不见

蓝窗空对着一角暮天
苍茫中哪有月殿婵娟

呵,石阶前一座庭园
柳梢头正归鸦噪晚
想夏夜你定在此纳凉
绿叶缝中数星星几点

可而今庭园荒芜
柳叶正迎风轻叹
寒蛩隐居在衰草丛里
寂寞的吟哦令人伤感

我欲去推门探看
铁锁却紧紧拉着门环
热心的邻居告我:
"她家已离去久远。"

我绝望地抛却一把喜欢
茫茫然再把这圣地环看
只见得檐头的燕巢空空——
秋来的人儿哪寻得春燕

我强忍伤感拖着个孤影
默默地离开了你的家园
少年时的相思早该忘了
可我剪不断,欲理还乱……

      1963年夏

灯光

在那遥远的窗口
闪烁着一盏灯光
那是你多情的心
夜夜在对我思量

在我流浪的路上
处处是寂寞苍凉
你这盏不灭的灯
给我明媚的春光

我沐着你的春光
心头又洋溢希望
不再有现实畏惧
不再怕飞雨流霜

踏平了险山恶水
我会勇敢地前往
探索生命的绿洲
寻觅自由的歌唱

在那遥远的窗口
那盏灯多么明亮
它只是属于我的
不灭的生命之光……

若耶郊游曲

你看悬岩上瀑布飞泻青苔儿滑哎
苎萝山巅挂虹彩
你看骄阳下松涛波涌风车儿转哎
若耶溪上白云飞
千里绿风原上吹
万点稻花扑面来
鹁鸪声声唤不停
蝴蝶双双花心醉
啊,
我俩手携着手儿
走过一山又一水
燕呢滩头来依偎
来依偎
你在沙上描我眉
笑望长天,笑望长天哪
两朵白云并排飞
风呀风呀你别吹
就让它们并排飞

你看鹭鹚湾夜雾沉沉水波儿暗哎
对对晚鸦已飞回
你看古渡头垂柳依依塔影儿斜哎
片片云帆已落桅

一湾新月依山隈
数点明星跃出水
流萤有情提灯来
野花惜别落满怀
啊，
我俩手携着手儿
踏遍河山情难舍
你把明笛低低吹
低低吹：
"今宵一别何日再……"
离歌一曲，离歌一曲哪
已把心魂儿撕碎
风呀风呀又何必
来把两朵云吹开

若耶相思曲

衰草连天涌
波沫残阳
螺号声声震空江
乱我柔肠
啊,你曾说
柳絮飘时你归来
如今若耶柳千行
叶落尽
月如霜
一江江水水冰凉
你还飘泊在何方
啊,我只能
独守苍茫
剪烛西窗
望穿秋水哪
泪洒潇湘
向谁诉悲凉

征马仰天嘶
风卷黄沙
大漠日落响胡笳
催我泪花
啊,忆若耶

溪水脉脉映云霞
燕呢滩头月初挂
照见她
云鬓斜
目断流水水平沙
声声唤我快回家
啊,我只能
暂停征马
轻拨琵琶
抒尽相思哪
情寄天涯
梦魂归故家

若耶怀古曲

芦花飘尽黄花瘦
帆落江天鸦归后
月如钩
我来若耶溪边游
怀古情思哪
却似这漫漫夜雾迷江头
啊,浣纱石上我坐久
我坐久
却不见浣纱姑娘踏月出村口
星波上
殷勤浣红绸
曼歌声声绕古柳
啊,燕呢滩头我等候
我等候
却不见若耶儿女相约黄昏后
夜吹笙
迎风飘彩袖
篝火熊熊舞不休
啊!啊!
青山依旧青
绿水依旧绿
月照白波依旧向东流
绝世佳人哪

却已埋荒丘
一代风流唯剩有
漫江枫叶送丹秋
啊,啊
莫回首
花已零落梦已旧
梦已旧
唯有千古若耶水
无语东流
不断头
恨悠悠……

候鸟

匆匆地我从远方来
匆匆地我又要去了
亲爱的你忘却我吧
因为我是一只候鸟

你纵有绿色的心野
为我哟长满了花草
可是我怎能够在此
构筑下温暖的小巢

我只能在人生道上
往东飞又向西奔跑
肩负着浓重的云雾
去迎受无情的风暴

你纵有晶莹的泪水
想浇活希望的根苗
可是我怎能够忘却
严霜哟又会来埋掉

我只能凭心的幻想
求来生能和你一道
这一座现实的墙啊

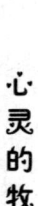

我和你怎能够推倒

让我们且相聚今朝
怀着梦和心的悸跳
当远处汽笛声催叫
是生离是死别都好

说不定哪一个秋晨
也许是某一个春晓
我又来叩你的家门
迎受你含泪的微笑

匆匆地我从远方来
匆匆地我又要去了
亲爱的你忘却我吧
因为我是一只候鸟……

春天的林园

你曾有一座春天的林园
四月的阳光,花明柳暗
你曾为我把园门敞开
邀我同坐在蔷薇花边
谈海,谈星,听我读诗篇

(我们只知道占有今天
我们不晓得还有明天)

那一次螺号震荡着海湾
我穿上芒鞋来告别林园
你怅望着我悄声地说:
"我把门锁着,等你归来
除了你谁也不让来玩!"

(那时,你有含泪的微笑
那时,我有幸福的期盼)

谁料得一场宿命的风暴
扯裂了我那天蓝的篷帆
船也在荒远的岛上搁浅……
寂寞的海角我苦念你啊
海风吞没了一声声呼唤

（四月的林园依旧锁着吗？
八月的海上却大雾弥漫）

度过了无数个噩梦的夜
败颓的水手终于回返
我又来探访你的林园
可园门上锁早已锈了
墙内飘出了黄叶一片……

（流浪人站在林园外面
听着林园内阵阵喟叹）

我从爱情的天国里来

我从深山的幽谷里来
采来了一束玫瑰
我把它插在你的心头
悄悄地向你诉说：
姑娘啊
请你洒几滴爱的露水
别使它憔悴
别让枯萎

我从大海的波涛里来
捞来了一枚珠贝
我把它挂在你的心头
悄悄地向你诉说：
姑娘啊
请你别担心风雨如晦
它永远发光
照你情怀

我从爱情的天国里来
撑来了一朵云彩
我把它泊在你的心头

悄悄地向你诉说：
姑娘啊
请你也跨上这朵云彩
我俩乘长风
逍遥徘徊

　　　　　1963年秋

相思船

是行云也已经栖息在朦胧的山林
是暮霞也已经沉没在迷茫的海心
是白帆也已经抖落了奔波的风尘
是田蛙也已经唱倦了长夜的幽静
这时候我心的相思船却飘忽无定
它正在茫茫的天海里把你在找寻
船舱里满载着我一片热烈的相思
它要来向你呈献我那无邪的爱情
可这刻儿你正在哪里呢你在哪里
哪里有你的微笑哪里有你的歌声
天海里没一颗小星星能让我问询
只有那月华儿高高地悬挂在天心
我只得把船泊在水晶的广寒宫廷
我用手轻叩着月殿的深闭的宫门
我要求嫦娥来告诉我漂泊的航程
忽而啊也有只相思船正朝此来临
熟悉的风信旗熟悉的素装的倩影
熟悉的小夜曲熟悉的含愁的双睛
莫不是这一只幻船载着的夜游人
真会是你吗——我那永恒的恋人？！

1965年中秋

呵，你美丽的牧羊姑娘
——为蔓儿出生三个月而作

呵，你美丽的牧羊姑娘
默默地坐在碧草中央
梦旦河从你身边流过
迢遥地流向苍茫远方
归鸟驮尽了一天夕阳
你啊，你啊
你为何还不回山庄

呵，你美丽的牧羊姑娘
用手轻抚着一只小羊
月琴横放在你的膝上
你也没去拨一颗音响
双眼蒙住了晶莹泪光……
你啊，你啊
你为何如此的忧伤

呵，你美丽的牧羊姑娘
南国的春夜多么芬芳
流萤和星星都在发光
露珠缀满了你的辫梢
小花飘落在你的裙裳
你啊，你啊
你为何总只是怅惘

1967年8月3日写于永昌河边

羊栏哀歌

小绵羊,你为何身倚栏栅
身倚栏栅,仰望云天
任暮霭遮断你的视线
莫不是你正在怀念
正在怀念碧色的草原
草原上白云倘伴,阳光灿烂
鲜花盛开在五月的湖畔

小绵羊,你为何身倚栏栅
身倚栏栅,咩咩叫唤
任暮雨飘入你的眼帘
莫不是你正在怀念
正在怀念旧日的侣伴
侣伴们迎着晚霞,盼你归返
羊铃回荡在朦胧的草滩

羊啊,羊啊,不要再这样凝望了吧
你已勾起我愁绪万千
羊啊,羊啊,不要再这样叫唤了吧
你已催落我珠泪数点

我也曾有过碧色的草原
我也曾有过多情的侣伴

但是正像你一样
我失了自由放逐在东海岸边
并且也像你一样
我那生活里也有着一道栏栅

1967年11月20日傍晚羊栏边

呵,五月

呵,五月的晴空蓝得发亮
一朵云飞来了,又不知去向
晴空下的山峦起起伏伏
像旷野耸起片碧色波浪

江风漫步在柔波里
江帆滑行在透明的水上
燕子呢喃在速度里
斑鸠的唤声渴求而惆怅

水田上,白鹭在倘佯
绿色里,蛙声潮一样
竹篱边,南瓜花开了
村路上,麦草阵阵香

大地明朗的芬芳呵
已经熏透了季节的裙裳
生命多彩的日子呵
也早被蜜蜂嗡嗡地唱响

我牵着牛走在雁鸣溪边
却魂儿倦怠,心儿忧伤
我也闻到了麦草的气息

带一脉惊喜,一脉迷茫

呵,故家村口的若耶溪
又在我心头微波荡漾
渺远了的幻影儿哪
又来将回忆叩响……

五月的若耶溪万道波光
金黄的麦秆晒在沙洲上
初夏的燕呢滩绿柳成荫
成群的羔羊散在草滩上

茂草丛中坐着的是她吗?
前村的牧羊姑娘
麦秆堆里躺着的是我哟,
在将她甜蜜的窥望

我用麦秆把五月吹响
像她闪亮的黑睛一样
她用牧歌把羔羊呼唤
像我飘忽的神魂一样

玩倦的羔羊依在她身旁

像朵朵白云拥着月亮
初爱的少年在神游仙宫
麦草的芬芳醉了心肠……

呵,一样是江南的风光
一样有五月的一片艳阳
呵,依然在透明的溪边
斑鸠的唤叫声使人惆怅

可这里没有羔羊
牧鹅姑娘在隔岸呼嚷
可这里不是故家
若耶溪的水比这清亮

生命的五月一去不返了
生活已将我放逐到异乡
将我的青春在这里掩埋
让我的欢笑在这里消亡

飘泊的岁月多么漫长
心灵的铁链丁丁当当
它无情地锁着我的回忆
长年地桎梏着我的幻象

可谁能料得在这路上
我也会闯入艳红的梦乡
又谁能想到在这一刻儿
带镣的幻象也能飞翔

呵,五月的晴空蓝得发亮
一朵云飞来了又不知去向
我手牵牛儿痴望着彼岸
我真怨五月明朗的芬芳……

山泉

从没有照过影子的山泉
不幸跌落在幽谷的深潭
从此再没闻野风的问候
也不见牧羊人笛韵荒甸

可谁料映山红临流开了
阴湿的水风漾一朵美艳
从此它有了相思的绿色
泉声又唱起了生的眷恋

我正是跌落深潭的山泉
童贞的心悸有贝珠璀璨
囚徒和圣徒都爱梦游呵——
镜花水月,缥缈的伊甸——

盲诗人

漂泊天涯的盲诗人，徘徊在白澄湖旁
胸前斜挂着吉他，满空是落叶的纷扬
在他的心儿里浮起一片片迷乱的幻影
在他的吉他上漾出一颗颗紫色的音响——
呵，衰草连天涌，古庙里有个少尼夭亡

哪来的一位蓝衣女郎和他湖边碰上
她把叹息的泪滴进了他虚空的眼眶
一个遗失多年的世界终于找回来了
灵异的吉他蹦出一颗颗绿色的音响——
呵，丹枫艳红，原上一片十月的阳光

十月的阳光下，消失了那个蓝衣女郎
十月的阳光下，诗人的默祷深沉悠长
大爱的精灵，我那膜拜的神圣的偶像
只要有你在，我的天涯路再不会迷茫
就连庞贝城也会重现它那金碧辉煌

时间化石

时间，你也是能凝固的吗
凝固成一块时间化石吧
再印上此刻我的形象

你瞧：我坐在柴油灯前
手握着断笔抚着腮帮
北风把残稿窸窣吹响
那一对黯然无神的眼啊
正对木格的破窗怅望
窗外腊月的黑天茫茫
寒星颤抖着点点冷光

时间，你也是能凝固的吗？
凝固成一块时间化石吧
再印上此刻我的形象

记着：也许等不到明儿
我的生命会猝然夭亡
我不会悲戚，不会感伤
只要这一块时间化石啊
真的能印上我的形象
再让无私的自然之手
抛入茫茫的历史海洋

时间，你也是能凝固的吗
凝固成时间化石吧
再印上此刻我的形象

我想：等到几千年之后
那些隔代的中华儿郎
划行在奇幻的历史海洋
偶尔捞到这一块化石啊
他们一定会含泪地想
干吗要这样折磨人呢
为了人性的自由歌唱

1973年秋

毋忘花

一

是你在寻找吗
毋忘花开在什么地方?

啊,一个沦落天涯的老人
再也回不到家乡
当他身倚着柴门
寂寞地怅望:
一条山路迢迢伸去了
四野暮色苍茫
这时,毋忘花会在他心头
悄悄开放……

诗人啊,别去摘这朵花吧
它有绝望的灰色
使心神颓唐

二

是你在寻找吗
毋忘花开在什么地方?

啊,一个被人遗弃的人儿
来到初爱的湖旁
当他身倚着残柳
含着泪怅望:
一对新欢挽着手去了
湖上木叶纷扬
这时毋忘花会在他心头
悄悄开放

诗人啊,别去摘这朵花吧
它有鞭伤的紫色
使情思忧伤

三

是你在寻找吗
毋忘花开在什么地方?

啊,一个败倒沙场的战士
血泊中挺起胸膛
当他紧捏着断剑
咬着牙怅望:
一队对手欢呼着去了

漫天雷电欲狂
这时,毋忘花竟在他心头
如火怒放……

诗人啊,你就摘这朵花吧
它有不屈的猩红
使意志高扬

1973年冬

我不是一朵白云

不不,我不是一朵白云
我没有一缕洒脱的魂

我无意于惊扰原野的晨湖
投一个轻狂的身影
风来了,就翩然抽身
我无意于顾盼深谷的幽泉
荡几朵慰藉的温存
风来了,就飘然远行
我无意于关注悬岩的残花
凝几点同情的露晶
风来了,就淡然消遁

呵呵,我只是一朵乌云
我生就一颗抑郁的心

我拖着巨大的阴影而来
为预示暴风雨将临
那刻儿,有我的激情
我怀着热烈的电火而来
为熔化冻僵的灵魂
那刻儿,有我的真诚
我驮着万吨的雷霆而来
为荡净大地的郁氛
那刻儿,有我的永恒

致友人

启明星已经叩开了明窗
你还划行在灵感的海洋
雾伦敦岛上那尊偶像啊
越来越显得金碧辉煌

可仲夏夜之梦毕竟醒了
醒来，眼前更肃杀苍凉
除了对案头的译稿长叹
有谁来欣赏智慧的芬芳

从此理想战场上的败将
更换了他那抖擞的戎装
不再去拨弹精神的弓弦
用黑管吹着空洞的声响

我此刻望长天无限惆怅
你不该将自己许给荒唐
榕树在四月天落尽旧叶
丹秋时却会有翠绿之光

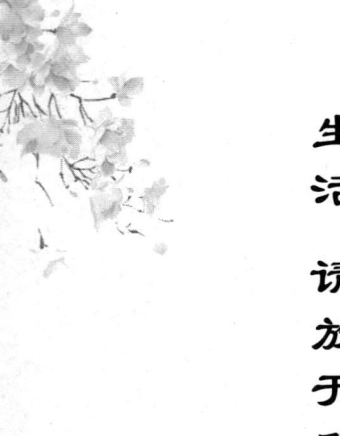

生活，请放开我吧

请放开我吧
生活沉重的阴影
我已经被你
拖累得筋疲力尽

给我的心魂儿
睡一忽儿吧
深深的睡去
彻底地抛却凡尘

我要在这安睡里
寻一个天蓝的梦
梦里有小桥流水
三月的柳暗花明

满足我的祈求吧
给我一刻儿也行
就在这个刹那里
幻想啊，又会来临

又会有诗歌和尊严
又会有歌声
青春的热血
在脉管里又会流奔

客舍

——乡归之一

客舍的深宵
哪儿有明笛响了
像一弯暗水
浇活了愁苗

不是关山征人
悲故国迢遥
是逆旅归客
怨家近了

让喟叹拖着
相思犁儿吧
额头又耕下
皱纹一条……

若耶溪——乡归之二

幽思千古的
若耶溪水哟
嵌满了星子
流向海涯

我心儿里
空茫的天哟
相思的星子
也在闪烁

幽思千古的
若耶溪水哟
你也将它们
嵌在水里吧

海国远夜
楼头的她哟
会认出这颗
相思子儿哪

家山
——乡归之三

柳荫的道儿
六月的骄阳
小船滑行在
玻璃上一样

故家的山水
秀丽而明朗
这儿每一寸土地
全都有记忆烙上

可我却只有迷茫
没有欢畅
像一个流浪人儿
流落在他乡

谁能理解我
心里的家山
在天哪一角
怎一番风光

灰尘

——乡归之四

拂去了
墙上的灰尘
我又寻回了
初恋的歌吟

拂去了
记忆的灰尘
我又追回了
艳红的梦影

拂不去
年华的灰尘
鬓边青霜了
额头是皱纹

燕巢
——乡归之五

瓦楞草掩着的
古旧的檐瓦
当年的燕巢
还在这儿吗?

盛过多少
悲欢离合的年华
巢儿哪
残破啦

旧燕早埋在
海角天涯
听过燕呢的少年
斑白了发

古石桥 ——乡归之六

冷落的街坊
遍地斜阳
我又踱上古石桥
魂儿惆怅

溪水哟
一样清亮
两岸哟
依旧桃李成行

她那影儿呢
可还在水心浮荡
——桃花树下
微笑的姑娘?

我愁拍桥栏
看遍水浪
只有水草纠缠着
我泪眼一双

——映过倩影的水啊
早流向远方
鸦归了
古镇苍茫

母校
——乡归之七

熟悉的泥路
古旧的楼房
残垣里漏出
一角球场

球场四周
烟柳成行
我的回忆哪
比烟柳迷茫——

恍若有一个少年
飞球入网
眼一晃
又不知去向

漆墨的大门
紧紧闭着
再也不放回
我那无虑的年光

三楼

——乡归之八

正当凤山上
新月如钩
我重登
故家三楼

心海哪
风涛狂吼
苍茫里飘着
年华的归舟——

壁如当年
木窗依旧
刀刻的名字
留在案头

唉！二十年了
且回首
有几多这样的夜
新月如钩

新月无法将
凤山钩走
生活却盗尽了
天真时候

船又离去了——乡归之九

船儿归来了
残破的船哟
漂泊的舟子
来自海涯

穿过多少
风涛的关卡
惶惑的舟子
回到了家

曾是儿时的伊甸
看惯了海的博大
智慧在这儿
最初抽芽

可你在哪儿了
翡翠的岛哟
珠贝的残垣
珊瑚的瓦

眼前只一块
光光的礁崖
风涛把年轮

深深刻下

茫茫的是
海的博大
舟子的彩色梦
和涛声溶化

"离去吧,离去吧
何必怨嗟
骚动的海
才是你的家"

——智慧在这儿
抽出新芽
船又离去了
残破的船哟!

寄远方（一）

朝霞飞涌在东瓯平原
衡阳雁归了，木落霜天

徘徊橘林边，我望断云山
梦魂的小鸟在青空盘桓

它唱着歌儿，哀哀叫唤
将你在怀想，将你期盼

远方的人哟，在哪片云下面
你快归来吧，我多孤单

我那生命的似水流年
千里莺啼季已一去不返

谁也没映在纯净的水面
我只让你啊在水心沉埋

精神的田园已荒芜一片
盼你来使它花开鲜艳

远方的人哟，在哪片云下面
你快归来吧，我多孤单

我那绝望中生存的信念
幽谷的孤寂里爱的依恋

假如没有你我该怎么办
动荡的社会又风云突变

时代的歧途使人茫然
有谁能理解我的不安

远方的人哟,在哪片云下面
你快归来吧,我多孤单

　　　　　　　　1975年秋

寄远方（二）

是谁的明笛儿把中秋呼唤
罗山上一轮月已浮上碧天

多少个人在抬头观看
微笑的花朵万户开遍

只有我独倚在木格窗畔
银光冻结了相思的心田

你在哪儿,远方的人哟
案头的月饼我怎能下咽

你在哪儿,远方的人哟
冰冰睡梦中也唤娘归还

或许你此刻正徘徊在雁滩
心坐着相思船飘过贺兰山

或许你此刻也对月低叹
泪穿成长链紧锁着怀念

呵,秋月照人间已百代千年
她漠对了人间的离合悲欢

呵，秋月挂中天如一只玉盘
她给我装来了一盘哀怨

是谁的明笛儿把中秋呼唤
罗山上一轮月使我多伤感

1975年秋

听歌

再唱一遍吧,隔河的姑娘
"巍巍钟山巅白云在飞翔"
不要再唱了,隔河的姑娘
"蓝蓝秦淮河流过我家乡"

你这串音响像骤雨一样
竟浇活了我回忆的苗秧
六月的夜天星河幽幽
江风自南来倍添感伤

我仿佛又回到扬子江边
苍郁的石头城柳烟浮荡
我仿佛又来到紫金山麓
缥缈的鸡鸣寺钟声悠扬

这就是金陵,我的亲娘
她曾哺我以知识的乳浆
这就是金陵,我的故土
她曾赐我以理想的温床

忘不了燕子矶江雾迷茫
晓光里我不辨人间天堂
犹记着新街口车来人往

初夜时我难分灯光星光

玄武湖上，荷花怒放
星空下碧波间有我的歌唱
钟鼓楼下，一片宫墙
林海间鸽哨里有我的课堂

姑娘，叫我怎么能遗忘
北大楼那幢肃穆的楼房
为民族文化我慷慨论战
青春的枝头有青果摇晃

姑娘，叫我怎么能遗忘
小陶园那株龙爪槐旁
为一脉相思我赋尽诗章
青春的林园爱花初放

十里槐荫的中山路上
飞车人使尽了力的疯狂
百代云烟的扫叶楼里
耽读者叹遍了生之虚妄

呵，那时绿色的古老城墙

圈不住我青春的鸟儿飞翔
呵,那时翠色的天雨化石
挡不住我凌云的壮志高扬

无限豪情,多少幻想
我也能力拔山气吞汪洋
四度春潮,四度秋霜
挥知识巨斧我雕琢理想

哪料得生命的花未盛放
西风骤起,香断秋江
没想到青春的果未金黄
严霜忽降,生机凋丧

于是我就像孤儿离娘
白鹭洲上月,笼我哀伤
于是我就像浪子离乡
桃叶渡头水,映我泪光

呵,精神的枷锁丁丁当当
牵着我来到偏远的异乡
呵,生活的犁轭千斤万两
压着我犁遍茫茫的瓯江

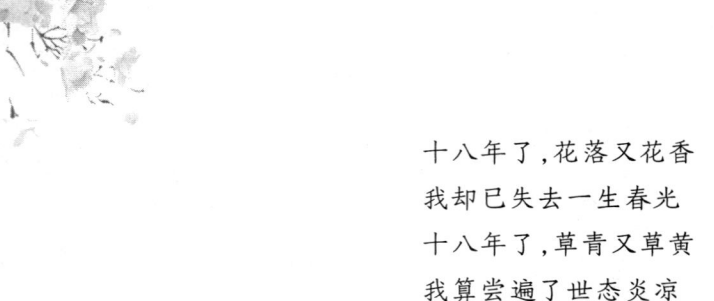

十八年了,花落又花香
我却已失去一生春光
十八年了,草青又草黄
我算尝遍了世态炎凉

谁知道今夜我碰上了你
在这东海岸穷乡僻壤
哪料得你身世与我相仿
远别了金陵流落他乡

再唱一遍吧,隔河的姑娘
"金色的年代已不知去向"
不要再唱了,隔河的姑娘
"明日的道路更曲折漫长"

这支歌儿哟已变风暴了
你定被卷入激情的海洋
久久地倚着小楼的木窗
你那泪花儿该湿尽裙裳

说呵,你正在把什么怀想
可想着莫愁湖畔的课堂

柳荫里飘散知识的芬芳
你曾和女伴描绘着理想

说呵，你正在把什么思量
可想着大草原上的同窗
驼铃声摇落了草原残阳
迷茫的双睛遥望着南方

失了舵的船浪迹海上
再也挣不脱惊涛骇浪
断了线的鹞漂泊天上
再也跋不尽苍苍茫茫

你和我同是天涯沦落人
情感的流波有同一航向
感谢这支歌搭起桥梁
沟通两楼魂儿的来往

那么让我们认起同乡吧
用乡谊来温暖冻僵的心房
那么让我们携起手来吧
埋葬掉回忆去迎接希望

不要再唱了,隔河的姑娘
"生活的脚步陷落在异乡"
再唱一遍吧,隔河的姑娘
"憧憬的日子总会在前方"

1975年秋

梦

这一切可全是一场梦吗——
香木在丹穴山上
已熊熊燃起
氤氲里,闪电飞掠着
大地开裂
珠穆朗玛正冰山雪崩
欧亚澳非都陆沉洋底
呵,海啸声中洪水滔滔日月炸裂
呵,腥风阵里血光闪闪岩浆四溢
天地间,我的方舟是
孤单单一叶
旋入进无底黑洞
再见了,往昔……
于是我惊醒,在晨钟声里
魂儿轻飘
扇一对羽翼
更生的帷幔徐徐拉开了
汗和泪,流一起

1977年春

江和桥

站在滔滔的大江边,巍巍的
大桥头,我要来唱一曲
生存之歌——
呵,像山野在晴岚的
空濛里,鸟儿作旷放而自由的
飞翔,大桥让有情人
手牵手走向
彼岸,车往来顺畅
呵,像奔流在白浪的
喧哗里,人们作随顺而诚恳的
哭笑,大江让新与旧
代接代走向
明天,交替合常
你能不赞美空间矗立成
坚定的意志,时间长流为
顽强的毅力

夜记

秋夜的斗室,虫声
透过了窗纱
檀香的烟篆袅袅地
旋舞里,梦也
迢遥了
呵,是铁马
秋风
大散关前的呐喊吗
是孤舟
杨柳岸
晓风残月的羁愁吗
……梆声
已三更了
梦落下帷幔
喝口水,你又让笔
游走在稿纸上

晚步

我独自走在暮色苍茫的田野上
聆听着夜风轻拂的小河水
发出呜咽的歌唱
聆听着秋空飞绕的晚归鸟
叫出孤栖的哀伤
啊，我那寂寞的心儿
也是一片幽暗的景象
我啊，我啊
我不知道何时才能重见你
——远方的姑娘

我独自走在暮色苍茫的田野上
沉思着我自己只是一粒沙
在那地球的身上
沉思着我一生只是一滴水
在那世纪的汪洋
啊，我那小小的痛苦
在宇宙之中又算得怎样
我啊，我啊
我不知道应该走向何方
不知道哪儿才能找到你
——和谐的故乡

1978年春

卷二　燕呢谷

春歌

你看，芳草又绿遍天涯
死去的种子重又发芽
雪山在一夜间纷纷崩坍
大地开遍了如火的红花
呵，春天毕竟是来了
快来唱一曲迎春歌吧

你听，瀑布在大声喧哗
田蛙几乎把歌喉唱哑
黎明的号角在城头响起
荒原的播种者已经出发
呵，春天毕竟是来了
快来唱一首迎春歌吧

擦干你眼角的那滴泪花
离开你阴郁的象牙心塔
让我们同迎着漫天彩霞
着芒鞋，跟上季节的步伐
呵，春天毕竟是来了
快来唱一支迎春歌吧

　　1978年底，夜闻三中全会公报，急就于衢州旅舍

岁暮夜抒情

在这岁暮的初夜
我又来到了毋忘湖旁
心在焦愁地期待
一位美丽的姑娘

榕树荫里的睡鸟
呓语着,像雾一样
而我心头的思绪
飘忽得比雾迷茫

十年了,岁月的风尘
没能把我的记忆埋葬
十年前的岁暮夜
那景象终生难忘

那天,我正流浪到
这个荒僻的水乡
我把惶惑的身心
锁在了古祠西厢

残破的木格窗下
我刚把油灯拨亮
岁暮怀人的伤感泪

就已浸糊了我的诗行

这时门突然被人推开
进来了一位女郎
她向我深情地说
"请允许我前来造访"

呵,我记得她头上插着
繁星一样灿烂的鲜花
她身上穿着
朝霞一样绚丽的裙裳

呵,我记得她眼里荡出
牧笛一样浏亮的闪光
她身上飘出
火焰一样浓烈的芬芳

"年轻的诗人,说吧
你为何如此忧伤?"
她的话儿啊
像银铃一样

"我觉得太冷,姑娘

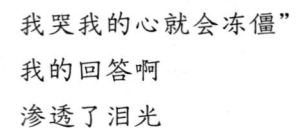

我哭我的心就会冻僵"
我的回答啊
渗透了泪光

听了我的话
她没有沮丧
只是挽住我的手
走出了古祠西厢

呵,就在这毋忘湖畔
她吻净我的泪花
又将头上的一朵小花
插入进我的胸膛

"这是我用鲜血浇活的
它蕴有五月的阳光
插着吧,插着吧
你的心就不会冻僵!"

收了她的花
我的心火烧一样
我那善感的眼泪
又一次流淌

"留下你的名字吧
多情的姑娘
还请告诉我
你住在何方?"

"我叫希望
住在青春的故乡!"
她嫣然一笑
就不知去向……

十年了,我的两鬓已
撒遍年华的秋霜
五月的小花
也早在胸口凋丧

十年了,荒村和生街
走不完的流浪路上
我再也听不到
她那银铃似的音响……

在这岁暮的初夜
我又来到了毋忘湖旁

我在焦愁地期待
这位美丽的姑娘

榕树荫里的睡鸟
呓语着,像雾一样
而我心头的思绪
飘忽得比雾迷茫

"你不再来了吗
希望——美丽的姑娘
可叫我哪里去寻
青春的故乡?"

远天,唯一一颗星
也已颓入进苍茫
湖上,阵阵岁暮风
将我的心儿吹僵

1977年秋

梦幻曲

一

呵,南国的春天
已经徘徊在江海之间——

在那朝霞辉耀的苎萝山巅
一块悬岩的胸前
有朵含露的野花
悄悄儿开了,开得鲜艳
风真醉人
花真芳菲
天真蓝
忧郁的悬岩啊
梦得香甜

他梦见阳光朗照的白澄湖畔
有个寂寞的少女
依偎在一个流浪汉胸前
深情的歌唱
回荡在波光上面
"流落天涯的人哟
没有过春天的流浪汉
接受我最初的爱吧
我的魂

永伴在你的身边……"

(梦醒了
阴郁的悬岩呵
感动得珠泪涟涟
瞧──一泓清泉
泻入进苎萝山涧……)

二

呵,南国的春天
又已徘徊在江海之间──

在那暴雨过后的白澄湖畔
一个流浪汉的胸前
有把金色的月琴
铮然响一声,断了丝弦
风真醉人
湖真明净
天真蓝
孤独的浪客啊
梦得幽怨

他梦见阳光朗照的春华园里

有朵含露的野花
哀怨地望着天上的云团
呜咽的低诉
回荡在繁花上面
"漂泊天上的云哟
为我去一趟苎萝山巅
请告诉阴郁的悬岩吧
离了他
我快要叶落花残……"

（梦醒了
孤独的游子
感动得珠泪涟涟
瞧——一颗颓星
陨落在白澄湖边……）

1977年冬

泽畔吟（一）

（选自诗剧《汨罗恨》）

悲秋风已将那岁华凋丧
我心里是一片荻苇苍凉
活跃的生命已萎缩尽了
只剩下漫空的木叶纷扬

身拖着孤影，背着行囊
我迎着暮霭在泽畔流浪
归帆的水波正在呓语
湖和天一色月白如霜

彭咸，我又要将你怀想
不死的精魂，神圣偶像
生活纵万变节操不变
淫威斩不断忠贞情肠

耿直的性格博大理想
却落得像片孤云徜徉
无威的抗争长年流放
人的花朵啊千古飘香

胡马嘶北风鱼恋汪洋
幽谷只许让幽兰吐芳
我流观古今深慕先贤

永照史册的精神洁光

苦难的前贤像你一样
我也处逆旅独抱幽芳
肃杀的季节肃杀的歌
君山何处觅女英娥皇

怀故土情切切我泪流成行
哀民生思绵绵我难进梦乡
度不尽的残秋夜更深漏长
驱不走的家国恨终宵彷徨……

泽畔吟（二）

（选自诗剧《汨罗恨》）

天明了，我又要漫步远方
任仆仆风尘来湮灭忧伤
谁料得心里依旧在唏嘘
依旧郁闷着，我没有舒畅

纷繁愁绪像乱丝的蛛网
网罗着我那跳跃的心房
我真怕那黑夜更怕白天
阳光下阴影更难以躲藏

一忽儿我忘了自身存在
一忽儿我的血重又滚烫
茫茫然走着，一步一步
任飘风将我吹送到远方

年华已临近尾声的地方
生命将跨入永寂的殿堂
芳草已染上凋零的萎黄
大地将消尽艳红的芬芳

诗人啊，长吟吧，含着泪光
逐客啊，漂泊吧，穷乡僻壤
孤臣啊，坚守吧，孤芳自赏
楚囚啊，经受吧，谪放夭亡

泽畔吟（三）

（选自诗剧《汨罗恨》）

一步步我登上寒山眺望
灰白的晨雾笼遍了四方
阴郁的山影寂寥的泉鸣
这故土是一片昏暗迷茫

我又要回忆，难以自释
又要长太息没有舒畅
愁绪为何总要来纠缠
我这缕游魂，不肯轻放

年华迢迢，我心儿凄惶
天地悠悠，我魂儿苍凉
秋风阵阵，我万念俱灭
落木萧萧，我五内皆丧

命运的黑手既无法抵挡
绝望的阴影又时来时往
欢乐的精灵一去不返了
楚国的逐臣我歌不成腔

泽畔吟（四）

（选自诗剧《汨罗恨》）

我已攀登到君山之巅
五彩的霓虹绕在身上
脚下雷隐隐，秋雨绵绵
头顶云飘飘，天鸡遥唱

恍惚间我站在星河桥上
喝晶露漱凝霜漫游天乡
前头那一朵飘忽的云哟
可是婵娟吗，婵娟的幻象

恍惚间我又在南天门外
望下界潇湘水迢遥远方
礁石盛开着莹白的水花
可是婵娟吗，婵娟在逐浪

潇湘，日波夜涛的精灵
你多么辽阔又多么粗犷
你奔腾澎湃着流向东方
可是否会想到前途苍茫

潇湘，日波夜涛的精灵
你多么浑漠又多么动荡
你匆匆忙忙地流向东方
你能否为我把婵娟寻访

泽畔吟（五）

（选自诗剧《汨罗恨》）

我鞭着灵感的神幻之马
在这肃穆的天地间驰荡
我骚乱我矛盾我多痛苦
我的精神已失去了依傍

我该学介子隐遁绵山
我该学伯夷持节首阳
不忍哟，我不忍楚国
生灵的涂炭社稷遭殃

我该学子胥血染午门
我该学申徒抱石沉江
无意哟，死怎能换来
君王的觉醒邦国富强

忆往昔，空空的几线希望
叹来日，茫茫然一番景象
婵娟哟，快来导引我吧
我已迷失了前行的方向……

读《怀念》
——致岂林

我仿佛又回到了三月的南园
那儿有烟雨凄迷,百花烂漫
龙爪槐上栖息着一只黄鹂
含着片桃花在对燕湖鸣啭……

像在歌吟月光下暗香的浮动
像在咏叹柳絮中粉蝶的翩跹
像在赞美云溪边少女的倩影
像在低诉荒野上浪客的哀怨……

而我就躺在那株龙爪槐下
听黄鹂鸣啭,看云影变幻
一卷天兰的诗稿在我枕边
里面夹着张海伦的照片

呵,雨后的长虹像条丝绢
悄悄儿圈住了明媚的湖面
多像一颗年轻无邪的心啊
被美困锁着,再不得动弹

我的年华迷失在幻思里了——
它有云影样说不尽的变幻
它有湖波样说不尽的柔曼

它有三月样说不尽的芳甜……

过去了，我已告别南园了
青春的花朵儿也终于凋谢
而今我独守着清灯，夜寒
唯有听孤雁儿长唳在苍天

可三月的南园是毁不了的
它还在我心里永恒地呼唤
你的诗就是这呼唤的回声——
自由，爱情，我生命的经纬线

苏州的陷落（断片）

季节已到了肃杀的深秋
战火弥漫在长江的下游
吴山上如血的丹枫
辉映着残破的城楼
苦力王之国怎能不愁啊
听深宵笳角连营
姑苏已风狂雨骤

这时的忠王府灯明如昼
议事厅集满了众王诸侯
中堂悬挂着一幅地图
那就是被围的苏州
妖营的黑旗密密稠稠
压着猩红的壁画上
腾空欲斗的猛兽

大伙虔诚的做完了晚祷
乱纷纷低着头喝起闷酒
巨觥里溢出了泡沫
酒把血煎熬得滚透
烦躁地相顾，惶惑地凝眸
夺营前来的忠王
你还在何处逗留？

剑眉浓须的慕王谭绍光
醉红的两眼强光飕飕
他猛地拔剑出鞘
吼一声："有种的，别愁
为保卫我们天京的门户
就是让头颅垒城墙
也还要力战，坚守！"

好像一把火投入沸油
大厅更腾起片血战狂流
"为忠于天国而战"
激情决开了闸口
独有郜永宽拂袖而起
解下他那把纳王剑
冷笑着，抛在案头

紧接着他又去打开东窗
动作轻捷得像只猕猴
"说什么守！守！瞧吧
已到了这种时候"
随着他的话众目望去
硝烟弥漫着残堞
大火烤红了天斗

一阵又一阵攻城的炮声
把那大吊灯也震得摇抖
隐隐地传来嚎哭
力竭的杀喊,奔走
大厅又陷入可怕的沉默
可有谁愤怒的心跳
使腰刀扣响了甲胄

"哈哈哈"谭绍光狂笑一声
又把一巨觥灌入咽喉
慢慢地抽出诛妖剑
缓缓地举过了头
瞧这把熠烁正气的剑呵
正压着纳王的腰剑
大伙连气也不透

忘不了那年永安困守
正北斗无光,三更过后
谭绍光单骑出城
拦回了反草叛狗
天王赐给他这把宝剑
宰了那一个带队贼首

教众将把天条恪守

从此,无论血战在长沙
无论万船齐发下卢州
无论镇江城楼下
无论乍浦村街头
它咬下多少逆天的叛狗
天王府前也吞过
韦贼的恶血数口

瞧,谭绍光把剑高举在手
如同那天条气贯宇宙
只听得当的一声
火星在大厅飞游
纳王的腰剑被劈下龙头
喝一声:"谁想做狗熊
莫说我情分不留!"

梦游吟

什么鸟躲在那榕树荫里
不停地叫着无限深情
莫不是你五月的精灵
向我送来了诱惑的唤声

呵,我来了,翻过黄羊坡
蝴蝶的逍遥梦在蔷薇花心
呵,我来了,沿着汾河湾
岸草的相思泪还如此晶莹

山路儿像水蛇游上山岭
眼一晃不见了,又在前悄行
蒲公英像星星缀满崖壁
风一吹不见了,又漫空浮沉

挣断锁链的紫色心魂
今天逃回到自然的宫廷
我那生活的戈壁荒滩
此刻得给你植一片绿林

晨光中海国没一丝云影
云在天床上还睡得深沉
山鹰一扑楞直射向苍穹
苍穹透明得像一颗大心

呵,天竺寺,颓垣边古柏森森
空谷里留一脉怀古幽情
我恍觉烟篆的缥缈影里
佛叹着:"寂寞啊没有爱情。"

呵,慧明庵,经堂后一座尼坟
长埋着少女夭折的哀魂
我恍觉坟头的山花香里
她在说:"我已经无怨无恨"

站在空谷底望白亚群峰
峰峦像天梯直达天廷
我猜天乡客会踏梯下凡
趁暗夜来会海国女神

在蓝天和苍山相接之处
有瀑布直通到幽谷底层
这会是一条爱的系带吗
在它的尽头是一颗泪晶——

呵,凝碧潭碧得真是透明
凝聚着天地间最美的单纯
一条条小鱼在水里浮游
我想求来生能化成它们

我于是弯腰将潭水狂饮
想让纯净来涤我的俗心
我于是垂眼对潭水出神
仿佛要捡回初爱的泪晶

我漫出幽谷又奔向长坑
再见吧古庙;别了荒坟
我身儿轻盈歌儿动情
再见吧山溪;别了潭影

松荫里一座残败的路亭
会是谁脱凡尘打此启程
松涛声像海潮一般喧腾
我却没见到有孤帆远影

削壁间,一条崎岖的小径
有灰狼闪过影似的消遁
削壁下,草丛生山石纵横
阳光投下了不安的光影

山泉穿越过乱石行进
有阻挡才会响彻歌声
乱石间水花蓬勃生春
我恍然嗅到力的芳芬

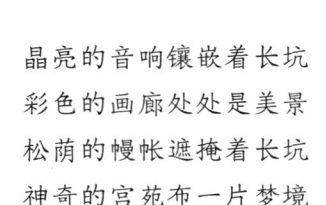

晶亮的音响镶嵌着长坑
彩色的画廊处处是美景
松荫的幔帐遮掩着长坑
神奇的宫苑布一片梦境

什么鸟已在云空中初鸣
什么花已在崖壁上缤纷
晴岚碧绿得多神秘深邃
冥冥的预感如暗潮滋生

山回路转,泉声松声
翘首望忍不住雀跃欢腾
白亚奇峰,直插苍穹
多像是天宫前华表一根

白亚峰下,无数山岭
松涛掩盖了空谷的鸟鸣
众山之间,长河延伸
碧波柔拥着河洲的白蘋

河两岸浮漾着朵朵白云
它们全悠游在灵山幻境
我在哪儿了,银河岸边吗?
我在哪儿了,人间? 天廷?

激情啊,已经附着了神灵
幻想啊,忍不住插翅飞腾
仿佛哟,有天女驾云来此
她们哟,正对我 笑语相迎

五月的阳光河波上闪烁
莫不是银河里无数星星
河畔的竹林幽幽地脆响
莫不是广寒宫笙歌阵阵

我竟狂乱地扑向白云
妄想和天女搂抱亲吻
谁知一阵风把云荡开
含羞的天女已在半空

我声声呼喊想唤回她们
只换得空山孤寂的回应
我敛眉低叹又感动芳心
身倚着白蘋洲笑意盈盈

神幻的山峰把魂儿吸引
灵奇的召唤诱我去攀登
至美的膜拜是原始强力
推拥着探求者直奔峰顶

陡峭的山坡，风化的岩层
每一次投足都虚晃骇人
脚陷进流沙，手抓住刺藤
神秘的天路在荆棘丛中

该是哪一位骁勇的先人
陡壁中开出这一条山径
岁月的风雨虽冲坍通途
荒废的石阶却留有几层

悲壮感忽儿在心头飞升
我竟在石阶上寻觅足印
可会是探宝者抑或高士
在此镌刻下生命的纪程

我于是攀登的决心倍增
前人既走了我后人也能
爬哟，脚竟踏坍了荒阶
灰尘一溜烟向深渊流滚

这使得我竟然勇气陡生
依傍失去了就另辟新径
爬哟，手戳满锐利的刺藤
就让我以血迹记录里程

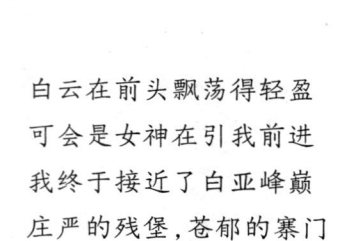

白云在前头飘荡得轻盈
可会是女神在引我前进
我终于接近了白亚峰巅
庄严的残堡,苍郁的寨门

感谢你,白云,永恒女神
引我来到了至美之境
这儿曾住过深山探矿人
那可是我那膜拜的圣域

我的颊绯红,狂歌攀登
越悬崖踏上最后的行程
我的眼圆睁,奋力向前
展双臂投入残堡的胸心

这可是哪一朝混乱时分
白亚峰迎来的探矿人众
为私探矿藏坚守在此
垒起了城垣研究探寻

绿藤缠遍了斑驳的寨门
荒老的传奇永葆着青春
苍苔填满了台阶、瓦楞
我不忍揭开血染的年轮

可我还是闯进残堡大厅
眼前的景象竟触目惊心
这里堆满了矿石、钻探器
手铐边是一颗紫铜的心

这颗心竟使我引起感应
我们远相隔,又忽儿亲近
通身的血液沸腾起来了
此时雷隐隐,詹铃声沉沉

这是探求者不死的精魂?
会是他们的归宿的象征?
我还来不及去细心推测
滚雷"轰"一声把残堡炸平

就在那猩红的轰响声里
我惊见那紫心破空飞遁
残堡已幻成一块巨岩了
岩石上坐着个真实的人

他的手握断笔托着腮帮
含愁的双睛对远海凝神——
孤舟在风涛里颠颠簸簸
飘忽的阳光已向西浮沉

我太惊愕了,我熟悉此人
我哭着喊他,总不见回应
忽扑来一朵云把我托起
直飞向那巨岩与他融浑……

什么鸟还躲着在榕树荫里
急骤地叫着,无限深情
莫不是鹁鸪唤破了我的梦
醒来时脸上犹留有泪痕

1974-1977 年

恶魔

你是谁
你这身穿黑衣头插紫花的女郎
你是谁
你这沉着脸面锁着眉心的女郎
你是谁
你这无笑的眼射出冷光的女郎
你是谁
你这煞白的牙咬着唇皮的女郎
你太可怕了
你的手一触及花树就落叶纷扬
你太可怕了
你的脚一踏上岩块就迸出火光
离开我,离开我
不要把视线投向我的面庞
那真会使我周身火燎啊
冻僵的血液重新滚烫
离开我,离开我
不要把身子扑向我的怀抱
那真会使我脑壳爆炸啊
压缩的心脏忽儿膨胀

我是魔
我就是使你肉体永灭的恶魔女神

我是魔
我就是使你精神变黑的恶魔女神
我是魔
我来引你到鲜血的河流去游泳
我是魔
我来带你到坟墓的公园去散心
快爱上我吧
我要给你诗人天蓝的梦想处以绞刑
快爱上我吧
我要把少女洁白的心灵鞭出血痕
跟我来,跟我来
不要认为我一味阴毒凶狠
你跟我游过鲜血的河流哟
就会看到天国的美景
跟我来,跟我来
不要以为我一味冷酷无情
你跟我逛过坟墓的公园哟
就会跨入自由的圣境

海燕的诞生

一座无名的荒岛上飞来过一只海燕
礁岩中产下蛋又飞向了风暴的海天

大海有日波夜涛,荒岛有花明柳暗
死寂的只有那只已被遗忘的海燕蛋

年华在悄悄地流逝,万象在默默幻变
不变的只有永远不能飞翔的海燕蛋

远涉重洋的舟子,暗星夜可曾看见
在这空寥凄迷的海天间有一段哀怨

"催生的毁灭来吧,快把我的躯壳砸烂
母体的热孵来吧,让我变真正的海燕"

一座无名的荒岛上飘来了一条好汉
胸口插一把利剑,血洒在茫茫的海滩

通身布满了伤痕,两眼却喷射着火焰
在礁岩间挣扎,挣扎,他倒在海燕蛋边

对于生并不留恋,对于死更没有胆寒
他哟,恨只恨壮志未酬,怨魂难散

远涉重洋的舟子,晨光中可曾看见
在这白浪滔天的海天间有一幕奇观——

大汉以喷血的心胸热孵着海燕的蛋
他死了,风暴中又掠过一只矫健海燕

1978年冬

铁门

夜是多么的荒凉,街街巷巷少人行
算命锣像首哀曲在抒唱夜的凄清
孤独的少女正在黑屋里激动万分
期待的眸子盼着榴花爆炸的芳芬
可是,一扇铁门禁锢着期待的心灵

夜是多么的荒凉,街街巷巷无人影
报更梆像只浮标测量着夜的深沉
无依的游子正在黑屋外徘徊不停
寻觅的目光等着煤火燃烧的激情
可是,一扇铁门阻挡着寻觅的心灵

铁门内,期待的心焦愁地呼唤声声
"爱,快来哟,我渴望以心去发现心"
铁门外,寻觅的心绝望地呼唤声声
"爱,开门吧,我追求以诚去交换诚"
可是,一扇铁门隔绝了这两缕哀魂

夜已尽,铁门内窒息了少女期待的心
天已明,铁门外冻僵了游子寻觅的心
扫荡夜雾吧,让人心永远能开出通道
迎接晨光吧,让世界再无宿命的阴森
可是,铁门却依旧在制造着无数哀魂

1974—1977年断续写成

绿叶

当冰河解冻,惊雷滚过了天廷
春天又前来把绿叶送给了我们
它是大树的绿手,老在拍手掌
它是篱笆的耳朵,老爱侧耳听
它的叶脉间藏着闪闪的露珠
该是长睫毛还关着昨夜的梦境
呵,正像海燕的歌有风暴的音韵
我知道:绿叶的梦有青春的意境——
也许是清晨的山巅战士的号音
也许是月夜的溪边少女的歌声
也许是跳伞员在高空飘飘荡荡
也许是采珠者在海心浮浮沉沉
也许是双桨艇刚划入十里荷塘
身畔的恋人猛对你回眸凝神
也许是研究院已结束论文答辩
满堂的学者猛对你报以掌声……
青春的意境是一片追求激情
绿叶的梦里有着成长的欢欣
我忽儿感到自己变成了绿叶
正在祖国的大树上摇曳不停……

1979年秋

石头

"该是哪一次地壳的门被踢开
你从火焰的家族里被赶了出来
从此,永远流落在茫茫的荒野
消失了火烫而柔嫩的流体形骸
一个个世纪跟随着流云飞走了
大自然给你的不过是雨打风吹
你是衰老了,满脸斑驳的皱纹
你是凝固了,变成冰冷的岩块
岩浆的生命,再也复活不了吧
那泉水该是沁出的绝望之泪?!"

"不,不!当年的柔嫩真使我自愧
我庆幸今天已练成刚硬的体魄
我可以砌公路,让车轮飞快来往
我可以垒石墙,让风雪挡在了户外
我可以筑堤堰,叫山洪枉自逞威
我可以做路标,使行人能辨方位
谁说岩浆的生命永永远远死了
你就拿铁锤把我狠狠的锤!锤!
我会重新爆裂出炽热的火焰啊
燃烧,发光,闪烁在祖国大江南北!……

1979 年冬

梦歌

我竟会来到这么奇妙的地方
这儿有着无数个小小的太阳
它们旋转,喷着火向我滚来
使我迷乱而激动,没法儿躲藏
于是我像金属一样地熔化了
变成为一片泥土,摊在大地上
绿色的野风正在荒原上歌唱
奔放的江水流过五月的山岗
我忽儿感到种子在身内骚动
拔芽抽叶,转瞬间已木成行
我给这人间奉献彩色和芬芳
叫蜜蜂来采蜜,鸟儿来徜徉
青嫩的枝头露珠像宝石闪光
泥土在延续生命,我无比骄傲
创造在雕塑理想,我能不激荡……
可我终于醒来了,原来是个梦——
头枕着一堆书,我曾睡得酣畅
而我那惺忪的两眼仿佛望见了
书页里跳出无数个小小的太阳
设计图,我那设计图摊在桌上
窗外是,井架,厂房,石油的芳香……

摇篮

古都的残秋,鸽哨悠扬的蓝天
我又悄悄地来到你的身边
你笑迎着我掏出了手稿一篇
《面向海洋》,诗的船又已解缆
于是我迎着螺号凄厉的呼唤
又看到风暴白浪颠簸的航线
我抚着斑驳的两舷古旧的苔藓
又想起大地战火虔诚的忧患
"说呵时代浪潮中矫健的划手
半世纪漂泊,哪儿是你的起点?"
你的眼神忽变得蓝天般深沉
久视着壁上《苏堤春晓》的画卷
这可是孤山云飘来回忆的孤云
(这暗香浮动的年华有一片茫然)
这可是初阳台重现灿烂的初阳
(人类再生之确信泡溶了灵感)
烟笼湖波月笼着堤,桨声柔曼
乌石山下有着你最初的港湾……
可你没有说,没有,只执笔开砚
写下了:"西湖是我艺术的摇篮!"

1981年秋

生命路

当鲜花遍开在生命路上
歌,悠扬得芬芳
伊人以
流盼的黑睛
漾起脉脉期望
你乃成了
淹没邯郸梦谷的零丁洋
礁岩,篝火
霓虹灯饰的荒岛
月白如霜
一叶凄艳的暗蓝里
有孤帆远影的望乡
呵,摩崖的图腾
悬棺,栈道
世纪洪荒
银河上方舟何处
水天茫茫……

宇宙新客

这也能接受吗,命运赐予的
没有绿色的生涯
冰砌的
山,结晶的云霞?

你就不,你说你只爱
春江花月夜,乘浮槎
探访天蟾宫里
素娥故家
牧笛和诗篇
普罗旺斯草原上一朵朵
野草莓花?

呵,那你就得挥生命之剑
向冰砌的长天
劈!劈!
四溅起
火焰的血渣
再应合历史的回声
倒下
让剑断成的瀑布边
三月的映山红
燃烧成这峡谷全新的云霞

那时，从你血喷的心脏
将传出
太阳镶金的喧哗
欢迎你
乘浮槎而去的
宇宙新客

    1984年春

车过乌鞘岭

乌鞘岭早来的秋夜
列车喘息,车灯间
有苍茫荒原
当雁唳撕破阴黑的雾帘
邂逅的女伴
竟唱起一支歌来了,
这歌的柔曼
为我唤来了千里莺啼的江南
可我曾经的
江南
乃是苇荻秋风的野河边
雁翎一片
记录着牛绳牵住的
我那青春
我那哀怨
我那与八千里路云和月相伴的
紫色灵感
呵,"莫等闲"——
此刻你的歌竟和车轮一起
把我带到
乌鞘岭神秘的顶巅
乃彻悟
我是漂泊云海间
宿命的大雁

1984年冬

紫色的青春年华

以交响乐的节奏,梦的步伐
我终于登上
智慧的珠穆朗玛
可就在这时
我听到
你阴沉的呼唤了
如此亲切,如此陌生
又如此令人惊讶
呵,这可是戈壁滩上
一朵滴血的沙枣花
可是黄羊的眸子里
出现的猎枪
硝烟弥漫出
一朵恐怖的云霞
此刻你凄然微笑在大罗山巅
望东海
惊悸于一片碧色喧哗
告诉我:你心头可也还会有
幻感的刹那——
珊瑚岛死光氛围着
铁链锁住心灵的人儿
叶笛里
和企鹅漫步平沙……

呵,这可是曾经的命运
我那
沦落天涯的意象画
——罗布泊的沙床里
被弃的木筏
高加索的悬岩上
神秘的十字架……
我因爱你而心疼啊
憎你而咬牙
你——
我那紫色的青春年华

1985年冬

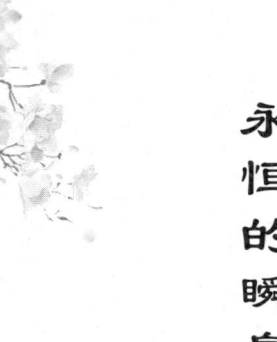

永恒的瞬息

随微思而来的
可是八月的江南女神
声声召唤呢
你乃踏钱江潮
接受她神秘的吸力
和地球诀别……

从此她引你在茫茫天国
自由成一个星体
与太阳
作着光明的对话
与月亮共享梦呓

呵,她以青春的诱惑
使你有生命永恒皈依
灿烂地
呵,她以万汇的辽阔
使你有真理脉脉呼吸
深沉地
肃穆的秩序里
她给你没有轨迹的轨迹
旷远的漫游里
她给你无法遁逸的遁逸

光年里
她让空间展示
爱恋永恒的瞬息
星辰间
她以陨声传递
思索的寻寻觅觅……

可是,活着,活着
就为这些吗
浪迹年华里,你的
自由忽儿有虚无的真实
虚无忽儿有自由的美丽
于是祈求声响起了
"给我目的,否则
毁灭!"

可女神淡然一笑
把你拥入怀里
这时正斗转星移
月落乌啼

悸动

我的悸动在铃声的喧响里……

月台在退潮后
有海滩的空寂
霜天,冷月,波心荡漾开
无声的伤感曲
孤帆远影,生离死别

呵,最终的虚无
既来自三月映山红花丛中
翩翩的蝴蝶
那又何必在心灵的大厅
跳着狐步舞
去把明天迎接——
纵有春泥裂变成茂草的繁华
秋风又会去
唤归枯叶
青色的池沼上
睡莲有越女荡舟的
冰清玉洁
风车却牵着古磨坊
碾出年华
西风残照的寂灭

不！我不信推延来自割裂

我要本体

完整的

呵，圣赫勒拿岛上有篝火铜笛

一代枭雄逐放的孤影

为存在证实

虚无的真迹

呵，吉息尔汉山上有木屋残壁

一代诗哲浪游的夜歌

为虚无证实

存在的高洁

那就赞美吧

力的必然中

生命创造的悲壮序列

我的悸动在流星的美光里……

陨石

浪游者神秘的灵感
辉煌出这一条
蓝色的弧线
把你牵曳到西子湖畔

呵,这是天缘

那你可是月宫的喷水池中
蕙草掩映的假山
嫦娥晚妆罢
望你,隔着水晶帘
夜夜心
消融于碧海青天

抑或浮槎掠过的银河上
鹊桥倾圮
你是一条残存的石栏
让织女斜依着
霜天下
星波寒澹
风车以翼的旋飞
为她编织着七彩的期待
梦的锦缎

陨石,我乃惊异于你
故家的奇幻
来路遥远
告诉我:为何要历尽艰辛
投向人间?……
可你只深情默视
千里莺啼的杨柳岸
酒旗风
烟花三月的江南

呵,我懂了
青女素娥俱耐冷,可你
不胜高寒
且在人性流荡处寻觅温暖

路谏

呵,你说
你要在一条路上行走
自己选定的
路,鲜花铺就
阳光也会来擦净
寒色的斑垢

于是我恍见
你真以一枕黄粱的神速
竖起了
碑,在生命站口
这里有一切昏暗的
计谋,旋转
旋转,又向 四方霓式地流走
奥迪的尾灯也像
玫瑰般热烈
没有娇羞
拐向伊甸别墅作一场
曲径通幽
还让玉颈上项链的闪光
为梦呓湖畔的
人约黄昏后
添几朵丰盈的感受

从此你剑匣尘封

砚台生锈

迢遥了这片大地上的

西风古庙

千载穷愁……

可大江日夜在流哟

流走春与秋,我却总

流不走上下求索的离骚之魂

滴血的歌讴

呵,你别在

这条选定的路上行走

智慧的生命树

呵,紫色的时间凝结的空间
——世纪
以暗绿的苗草装饰着
自由的祭坛
而你,智慧的生命树
昂然扎根于
山岩,与鹰隼为伴
傲对风云变幻

人的花朵哟
盛开在
昨天与今天之间
飘向一个个冰冻的心灵港湾

让双尖山下
无数土地的垦殖者
流淌起太阳家族的呐喊
维尔塔发河畔
秋水伊人
守尽了巴山夜雨
迎来朝圣的红帆……

可地壳宿命地变动了

红柳
漠原
你那古尔班通古特的洪荒
出现在郁闷的夏天
随着黄羊的碎蹄声
弥漫遍
共和国苦涩的地平线……

呵,紫色的时间凝结的空间
——世纪
以悲壮的沉雷氛围着
自由的祭坛
而你,石化的生命树
坦然易名为
煤炭,与历史为伴
盼等着终极的灿烂
火的精魂啊
将笑在
今天与明天之间
融开一个个冰冻的心灵港湾

阳关

沙,沙,极目无边
一齐汹涌向阳关
你们可都是历史海上
凝固的时间

天,圆睁混浊的单眼
正在高空俯瞰
寻觅吧,多少发黄的故事
压缩在每粒沙里面——

折杨柳挥泪告别
举浊酒欲饮难咽
铁骑,戈矛,血染的脚印
商队,驼铃,遥远的明天……

是的,漠风呼啸的鞭子
早已鞭走了汉唐宋元
只有阳关啊,依旧是
春闺梦里绝望的地平线!

今天,新一代人儿来了——
作家,诗人,怀古的灵感
为捡拾发黄的时间化石

我们在波峰浪谷间盘桓

可这是谁的收音机
送来了北京,十二点
听:"我们的生活充满着阳光……"
荡漾在前方——白杨林带

汽笛溶尽了驼铃,
电杆量遍了荒远
这不是梦幻,又正是梦幻
戈壁在走向绿色的地平线

啊,我突然发现
阳关确已是废垒残垣
而筑在我心头的阳关
也刹时崩坍

1985 年冬

驼铃

骆驼的脚步
量不尽戈壁的荒凉
驼铃
却摇着绿色的希望
呵,纵使前面是
古道,风沙,昏黄的月光……

生活的脚步
量不尽探索的荒凉
诗篇
像驼铃在摇着希望
呵,纵使前面是
绝壁,暗礁,秋野的浓霜……

1985年冬

妙高台怀古

竹筏已准备撑走你的依恋……

于是
妙高台上有一场告别的望远
天幕上阴云四合
你独倚危栏
"大风起兮"的歌儿唱不成了
只听得孤亭檐角的
风铃　一声声荡出
霸业成空的喟叹

竹筏终于撑走了你的依恋……

从此
让一叶疆土漂浮在东海洋面
白浪无情的利齿
把岁月嚼遍
嚼烂了一代枭雄的反攻梦
也嚼烂了"大风起兮"的
明天　阳明山埋起
千古浪子的幽怨

1987年夏

塔玛拉

《梦影曲》之一

塔玛拉,缥缈的洁光似幻
迢遥在我那心魂的长天
当世界沉落进黑色梦里
幽香有晶露朝霞的璀璨

可我的朝霞已付与逝川
如露的记忆秋叶上凋残
试回首:杨柳岸晓风残月
姑苏的钟声,一只飘船

乃阅遍人世间大漠孤烟
何处有生命不衰的美艳
宿命的寻求迷惑着我了
风晨雨夕,密拉波桥栏……

这一天斜晖里过尽千帆
天蓝的心曲竟迎来伊甸——
真会是你吗,我的塔玛拉
凝眸歌吟在捷列克河边

于是有绿色复萌的灵感
大地也霓裳羽衣起欣欢
如果这时空只能是虚无
虚无也充盈着生之庄严……

1989年冬

幻望

《梦影曲》之二

我的世纪行已获苇秋心
人生的行道是长亭短亭
蜃楼幻望里却出现你了
纯美的精灵,四月,河滨

爱弥尔梦过的普罗旺斯
有妮侬、野草莓,归程迟迟
我的塔玛拉却临波梳妆
飘逸成如梦令,一首新词

这新词有海的女儿之梦吗
睫毛下凝眸是月笼星沙
可为何银烛秋光画屏里
你燃尽祷香,魂断了天涯

良玉已生烟,蓝田日暖
沧海的鲛泪缀成了珠环
我乃成来自恒河的园丁
要以歌舔尽女王的哀怨

晚风,蕙香,春已满秋江
南国的大地无声地歌唱
当你把水晶帘悄悄撩开
山道上我的马踏出脆响……

1989年冬

纯美的芬芳

《梦影曲》之三

啊,流荡你纯美的芬芳
像天鹅浮游于茵梦湖上
紫竹林以喁语为你道尽
遗世独处中飘逸的苍茫

你该是洞庭无眠的娥皇
斑泪晶耀着夜雨潇湘
抑或是巫山梦思的神女
云雾中灵视如诗幻象

可我的落帆梦唤不来归航
浪客的足迹是山遥水长
心魂乃成了十月的荒郊
篝火以流烟摇淡了星芒……

胡马在渴求绿荫的南方
越鸟在向往霜天的北疆
这幽谷野岸间盈盈一水
莫非要宿命到地老天荒

大海有霓色的珊瑚回廊
海思者梦着透明的鱼翔
当生命升华于麦加朝圣
啊,流荡你那纯美的芬芳

1989年冬

碧色的辽远

《梦影曲》之四

在这静静的深夜,塔玛拉
我的思念有碧色的辽远
辽远处会是松荫、明月吗
尺八楼台,垂帘的幽怨?

纱窗外夜雾乳色地蹒跚
我那心魂儿忽闪出梦幻
仿佛是一场激烈的战后
我倒在硝烟弥漫的前沿

胸口血喷成流星的光艳
我就要告别生命的嘶喊
紫色的丧钟声响起来了
为我荡开了又一幅画面——

莱蒙特湖边正灯火灿烂
朋友们正在为胜利欢宴
可谁也没提起一个人呵
天际识归舟该何月何年

只有你离了席走出庭园
含两汪晶泪,遥望东天……
这时我就在微笑中瞑目
陨归于安谧的大地家园

1989年冬

幽思

《梦影曲》之五

列车的奔驰有春的妖娆
飘泊的行程是花容月貌
速度节奏出浩淼的洪波——
枫林的村舍,沟垅池沼

心乃有期待幻现的缥缈
千古星河梦,仙姬虹桥
呵,当你回眸于采莲南塘
竟使我悸动出月上柳梢

我曾是瓦楞草长的残堡
生之旅踏不尽斜阳古道
可而今人间重现了庞贝
世纪的噩梦后金碧辉耀

你来吧,我赠你一片芳郊
江滩的仲夏夜,幽梦迢遥
秦砖的图书馆,汉瓦剧院
全为你展示着智慧音貌

可你总春花秋月无时了
青灯的光影里,木鱼夜祷
呵,要是你真的幽芳自赏
我只能变山涧暮暮朝朝

1989年冬

缱绻

《梦影曲》之六

曾有过白下的春潮驿站
波光燕呢滩,朗月芳甸
柳堤的水村有如歌的作别
鹧鸪天旷远了历历晴川
可也有夏梦里风雪贝加尔
楠江西行客,野渡荒烟
栈道的背纤人沉沉夜歌
红河谷摇曳着篝火野焰。

呵,请收下这份缱绻
探求者忠实于美的勘探

忘不了栖霞岭秋声征雁
霜天晓角路,鸡声茅店
重门的深宵有朝云的幻象
蒲昌海又扬起红帆片片
可还有冬眠里春风诺丁河
鸠鸣红柳地,奔马漠原
寒江的独钓者默默观照
生命树开不败艳丽时间

呵,请收下这份庄严
朝圣人虔诚于爱的膜拜

1989年冬

路亭

《梦影曲》之七

我是荒野中一座路亭
静候浪游人叹息的足音
当阳光瀑布冲淹了绿色
我给与心神悠悠的清荫
飘瓦的墨雨犹夷了征途
我献上期盼的云碧天净
可我的美丽呢？我的瑶溪
双桨的轻舟，素裙，倩影……

呵，檐角斑鸠的啼鸣
唤不来你那五月的回声

我是残堞边一片湖沼
映遍人字雁朔风的远道
当古城梆声流荡遍凄寂
我给与繁星闪闪的喧闹
跋涉的驼程干涩了驼铃
我献上滋润的水长山遥
可我的欢乐呢？我的燕滩
蜃楼的醒梦，明眸，廊桥……

呵，水湄荻苇的絮飘
怎慰得你那无语的夜祷！

1989年冬

灵魂的安谧

《梦影曲》之八

你该是我那生命的辉煌
秋水的相思有梦的芬芳——
南天的椰林雨岛国女郎
莺歌海月梦青春的倘伴
可我的巴山竟夜雨泱泱
逝川流荡成宇宙的洪荒
残塔灵灵溪,迢遥的舟途
断桅风信旗,迷乱了方向……

呵,且听这歌儿的绝望:
忧伤的美丽更是忧伤

我该是你那灵魂的安谧
春潮的期待有雾的神秘
北地的桦林雪,冰城浪客
人迹板桥霜,生命的逆旅
而你的江南虽芳草萋萋
云霓掩映着伊甸的空寂
古堡星星峡,不尽的山道
飞船太阳风,遁逸了佳期……

呵,且听这歌儿的澄碧
美丽的忧伤更见美丽

1989 年冬

季候

《梦影曲》之九

我赞美千里莺啼的季候
春水在燕呢滩拍醒栖鸥
油菜田喷出欲望的火焰
烧旺了大地泛滥的渴求
池沼内,珠贝碧色地思念
远梦中,育珠人海市神游
当列车穿越了灵魂隧洞
前方,该有着笛韵小楼

呵,人纵有千载殷忧
也会消解于似水温柔

我寻觅水村山廓的流霞
春风在江南岸绿出新芽
雷峰塔坍下泥色的残梦
复萌出生命美丽的惊诧
艳阳下,征帆如歌地飘去
笳声里,浪游人笑向天涯
当列车穿越了灵魂隧洞
前方,该永别老树昏鸦

呵,人纵有百代怨嗟
也会挣扎出宿雨飘瓦

1989年冬

思恋

《梦影曲》之十

你的远山是我的思恋
云向玫瑰谷虔诚地朝拜
映山红燃起春情的悬崖
扬眉的晴岚有歌的柔曼
可我又怎能重进南园
叩响望断云山的铜环
芒鞋的游子浴遍了风尘
如虹的立交桥杨花漫漫

呵，这一只失锚的船
经受着风涛何处泊岸

我的逝水是你的叹息
雾对燕子矶无言的亲昵
扬帆梦迷离成秋意暮砧
凝眸的碧波有诗的寥寂
可你又何必守住西溪
掩上望穿秋水的竹篱
游子的芒鞋量尽飞霞桥
如霞的未名湖柳丝依依

呵，这一只失伴的鸟
拣尽了寒枝无树可栖

1989年冬

告别

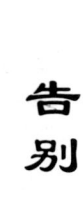

《梦影曲》之十一

是秋叶飘瓦时一声太息
秋雾漾幽谷,露泪数滴
这此岸彼岸相连的板桥
忽儿断裂成宿命的告别

十二月,旷野,池沼已冻结
路亭怅对着山道的空寂
流霜中,稻垛瑟缩于江岸
水东逝,流走杨花的往昔

小站荒芜了,再无车停歇
站牌破损了,谁还来顾及
孤雁的长唳无边地撒落
远山逶迤成死海的涟漪

岁暮怀远成丁香的郁结
何处有麦加城梦中圣地
养珠人候着待旦的欢乐
北极客却幻现天暗云低

无须说携手河梁的约期
浪客的季节是漫空飞雪
当列车穿进隧道,请告我
前程可还有阳光的信息?

1989年冬

巴东滩

咸池流霞成金波的摇漾
旸谷的浪游客浴净风霜
谯楼五更无奈的沉静里
期待有黄河远上的苍茫

苦雾的巴东滩篝火幻望
垂帘幽梦人又何必愁唱
当空间洒遍驼铃的温情
我已是时间城头的斜阳……

天城峰

天城峰真该是梦里家园
虹桥已架遍回忆的迷幻
倦游者魂断秋水伊人时
那歌吟可还回荡在山涧

于是岁月有无奈的喟叹
这雾海孤帆能何处泊岸
曾照过倩影的九曲溪水
荻花霜风里早流向遥远……

浔阳夜雨

茑萝藤悬进南窗的时候
怀念在寂寞里碧云悠悠
时间的断崖又何必跨越
回声填不平距离的深沟

心乃在风檐夜雨里泊舟
浔阳江原属歌人的素秋
湘瑟和秦箫梦着明天吗
飞霜若飞絮迷离了江州

北戴河

喧哗的浪花有透明的芬芳
北戴河呼唤着美丽的苍茫
远钟,观光塔,暮色神秘了
螺号声在作天蓝的回荡

于是,我有了幽蓝的幻望
红帆的心灵船已飘进大洋
可你在哪里呢,我的南园——
五月的草滩,蛙鸣,萤光……

新岸

这白云大海,风波的草甸
礁岩的帐篷已开遍忧患
可游牧路上寂寞迢遥了
历史的骏马正帆影闪闪——

秦皇的足印早苔痕斑斑
碣石浩歌声也江山梦残
电波,飞船,马达的笛韵
世纪的游牧者飘向新岸……

秦皇岛

雾雨，排浪，动荡的大海
浮游的三神山隐入星辉
你乃让船泊在珊瑚礁边
沉梦于孕育透明的珠贝

可从此你再也没有醒来
潮汐吞吐尽千年的期待
只有烟柳多情的珍珠滩
使少女颈上闪烁着星辉

塘栖

九月塘栖,蓝色的大运河
古梦已荡遍岁月的流波
杨柳岸,晓风残月的离别
砧杵声溅尽人生的蹉跎

我乃登石拱桥向彼岸漫步
今梦在隔江谱成了新歌——
太阳风,少女红帆的期待
推土机唱彻世纪的求索

乌镇

大运河以脉管网遍古镇
烟柳的街巷摇漾着光纹
莫问江南春里的酒旗风
摩托协奏着欸乃的桨声

我们今天来作麦加朝圣
寻踪大智者少年的足印
他在此孕育了世纪一页——
子夜的中国，为真理抗争

南浔

长巷的卵石路秋雨潇潇
高楼明笛声有梦的迢遥——
世纪的曙色里你打开窗扉
为古国立起了"现代"路标

芒鞋的昨日已散尽昏晓
生街的今天有全新音貌
一次次回眸里,桂香盈袖
浪游人踱不尽座座石桥……

太湖心曲

你说你的心像太湖一样
有风雨凄迷,也有涛浪
在它那苍蓝的水色深处
却还有珊瑚在熠熠发光

那我是湖上的太空茫茫
有电火猩红,雷声滚响
在它那沉郁的云层深处
却还有一个永恒的太阳

湖州夜话

当冥色脉脉地漫进高楼
烟水的平林淡远了汀州
你叹说哪有穿天的云梯
能攀住月宫垂帘的玉钩?

请莫再秋雨芭蕉作闲愁
且倾听湖山新潮的歌讴
成熟的秋风吹遍大地了
你该唱我们新生的九州

天山

呵,白草黄沙的无边虚空
岁月的逐客有干渴的梦
你说海市后纵有驼铃声
摇不来杏花春雨酒旗风?

不,岩浆的尸骸天山雪峰
决不是掩埋绿色的荒冢
这一片万古寂灭的大漠
仍让坎儿井润一片葱茏

飞天

穿行于生命绝望的地平线
竟会是你吗？纯美的飞天
当霓光流线出裙裾的飘逸
敦煌仍宿命于红柳的漠原

你是雪莲花开千载娇艳
蓝天，白云，天池的微澜
莫高窟揭示了生态秘密
至美的创造存在于荒寒

卷二 燕呢谷

火焰山

强光，烈焰，这火的喷泉
是大地向云天倾诉爱恋
清粼粼蒲昌海可已枯了
楼兰梦残破得不见飞天

宿命的变易冰冻了火焰
这秃山是它绝望的情感
要它复活吗？无需铁扇的
请赐以一声温存的低叹……

谒荥阳李商隐墓

中州,风也有惆怅的温存
像枸桃树下长眠的歌魂
我忽儿想起了南国楼头
晶莹的忧伤摇漾出梦痕

沧海月明夜,流珠的鲛人
明笛棕榈树,期盼的青春
灵犀一点通还能求得吗
无题的咏叹是爱的永恒

孟夏

——一段青春回忆

当蛱蝶
怀着热浪的激情
飞入野蔷薇的花心里
当鸣蝉
拨响金属的弦索
合奏在柳荫里
当炎阳
劈开乌云,蒸热溪风
把荷叶上盈盈水珠摇漾出星芒啊
当老牛
安闲地反刍在
池塘的芦苇丛里
那个倚着凉亭颓壁
蓬发的牧人
也正沉溺在《姆采里》的诗境里
呵,这是你
曾经拥有的
孟夏吗
忧郁而美丽
——青春行进在野风里……

1988年早春

浪游者的梦

当季节随砧声溅起的
寒波荡流
浪游者灵觉到一枝
惆怅红
隐约在黄昏
弦月的明辉里了
这会是石桥边一缕梅痕
清浅着
荇藻的枫溪吧
那天他随枫溪中的
欸乃声，离家远去
她是躲在
梅痕掩映中
向他含泪挥手的
呵，闯过无数次惊涛骇浪，今天
浪游者终于归来
梅痕掩映里的
伊人，还在吗
年少的暗香
梦也似浮动了

心灵拓荒者

喝一杯生活赐予的
美酒
飞船疾驶向
天燕宫,海皇星座
那与云摩擦的
电火,照亮了荒原
那与风拼搏的
啸声,唱彻了悲慨
呵,要去那里
把扬子江的
梦幻,勃朗峰的
智慧
年年播种
去那儿,用星河的
碧水
天天灌溉
去那儿,逼退昨宵的
落寞,今晨迷茫
让大千世界哪
飘一天人性的芬芳
自豪吧,我是
心灵拓荒者

1988年春

卷三　鹧鸪天

河姆渡

那时,恐龙绝望的恋歌
已经唤不回东海的碧波

这渡口因此飘起了炊烟
招邀着独木舟摇来村寨——
也摇来今天灵感的荒远……

于是骨的刀石的箭矢
雕琢出一片美丽的原始
古越的少女头顶陶罐
歌唱着走进汉家的历史

亚细亚黎明的文化岩层
先行者留下的一个足迹
血斑斑踏动了我的心魂

我也应该是河姆渡哪
艰辛的生涯,为我中华……

梦之谷

神秘的梦之谷,夜莺,铃兰
在那儿能捡到月光语言
明朗而温柔,像鞑靼少女
莱茵河边的柳丝袅娜
呵,是真是幻,别唤醒人吧
我要以这去写成诗篇
天国:存在于对美的迷恋

寂寞的海之子,冲浪,潜游
在那儿能登上希望之舟
不屈而苍凉,像易水壮士
关山月中的雪雁长讴
呵,是成是败,别轻视人吧
我要藉此去发现宇宙
至美:依附于对生的追求

时间

漫步在滔滔的扬子江边
昆仑山传来神秘的声唤
那该是历史老人的哦吟
秦时的明月,汉时雄关
呵,北雁南燕,驮不尽风流
废墟和新城合奏着悲欢
过去:回忆中你的初恋

穿行于莽莽的大凉山麓
金沙滩亮着魔幻的篝火
那该是天外来客的造访
瑶台的王母,月宫嫦娥?
呵,科学传说,全都是神话
火箭和飞船在寻觅天都
将来:梦想中你的求索

幻化

我将消融于这一片大地
山岳和丛林,白云飘逸
炊烟轻笼着帘外的竹篱
村女的井边浮满燕呢
呵,无意有味,杨花迷离
三弦琴弹不完时间的寥寂
牧歌:生命观照得安逸

我将幻化为那一条长河
渔寮和纤道,千舟竞渡
风帆斜曳着沙鸥的逐波
浪客的眼里燃起烽火
呵,无味有情,榕影婆娑
江神庙已阅尽空间的冲突
螺号:生命直觉得疯魔

三危石

今夜,三危石魂已飞了吗
去探望三危山下的荒沙

可那儿只有无边的叹息
绝望的大海向生命告别
被驼铃摇落在夜光杯里
斟着一盅盅苦涩的世纪

南国的小夜曲荡漾的时候
案头的三危石加浓了乡愁

红柳梢头是软白的炊烟
西风残照里有霜茄连天
正当黄羊的碎蹄声隐去
漠天上星星比玛瑙灿烂

于是我也勾起旷远的怀念
推窗望天宇,何处家园……

千岛湖

莹洁的、白云掩映的诗心
迷离的、波光脉动的柔情……

呵,你的凝思只属于绿岛
柳林里伊人的红楼梦遥
当古刹晚钟随归帆隐去
电视塔正在把世界相邀

千岛湖,千种现实的渴慕
你眼里燃起欲望的篝火

可莹洁之下总给人迷离
这湖水淹没了多少遗迹——
沿河有酒旗风,深巷琵琶
寒窗下举子梦画得神奇……

新纪元踏沉了具象的虚无
你乃说诗心是这片碧湖

天姥山

晚秋的红枫叶摇淡夕光
浪客在幻思古梦的海洋
峡谷,暮岚,山亭微茫了——
那不是绿岛,是一颗凄凉

猿啼声乃穿过风雨的世纪
寻求谪仙人芒鞋的征泥
天姥山,给我孤独的神秘

唐韵的剡溪水踏歌而来
歌人在感悟历史的迂回
青崖,白鹿,牧笛迢遥了——
这该是祭坛,不供奉沉哀

赤城霞乃飘出多采的寥廓
映现越女词芬芳的泪珠
天姥山,给我神秘的孤独

楼兰梦（一）

那一年罗布泊突然痉挛
干风阔笑着嚼尽宫苑
一页绿色的世界史哪去了
我的天,我的沙,我的楼兰

残堞里粘土还搂着芦苇
胡杨的波斯门依旧半开
驼铃声可没把商队摇回

倾圮的舍利塔金砖砌墙
塔基埋着个东土的女郎
睫毛还盖着昨宵的幽梦
约旦河,棕榈树,水戏鸳鸯

废墟间出没的无形游魂
曾是这一座古城的前身
漠原听倦了他夜吹哀笙

楼兰梦(二)

残塔下沉睡的东土女郎
流沙掩埋的浪漫诗章
我在神游里为你招魂
碧云天,红柳地,孤烟数行

你本是山阴道上的越鸟
羌笛诱你出阳关古道
葡萄美酒里楼兰梦迢遥……

宇宙的永恒是沧海桑田
古城在诀别世纪的灿烂
当所有繁华全交给毁灭
可有谁还留在他的心坎

昨夜的星辰,昨夜风情
孔雀河遗落了鲛泪晶莹——
残塔下女郎在流盼黑睛

玫瑰

美丽的大地,山崖,水湄
何处能求得神圣的玫瑰

那儿有若木染绿的月光
仙姬们踏星波自由徜徉
当林妖倩笑着带你前去
天上人间,绯红了幻想

从此这空间弥漫着灵气
时间在沉凝着爱的神奇

这一天独木船摇来荒洲
椰林里有夜莺唱断歌喉
宿命的奇缘是拥有你了
一朵梦已开放,开得娇羞

天涯客盼着幸福的招魂
唤他一声吧:"我的夜莺!"

燕呢滩

你在哪儿呢？诗国的梦寐
燕呢滩头有衡阳的雁唳

可你总不爱若耶烟雨吗
烟雨中牧笛也老树昏鸦
越女总浣不尽愁雾似纱

我乃作栖霞岭上的幻望
郁雷滚开了科尔沁草浪——
黑骏马负着骚动奔来时
秋风大散关，笳声苍凉

鹧鸪天该漾起幽谷情韵了
明日的罗望子荫遍栈道
素馨兰感喟于逝水迢遥

那就让莱芒湖畔的歌人
弹唱起世纪的一脉永恒

蓝烟

缥缈的蓝烟轰响着光彩
岁月的门扉在山壁炸开

崩崖里一枝石化的蕙草
零陵香含凝着生之迢遥
百万年久违了,三月的妖娆

我于是捧来一室的芬芳
伴着你和梦,精气浮荡
超越了生命的宇宙侣伴
孤馆闭春寒,共夜雨潇湘——

茫茫九疑山哀艳的瑶琴
应和着屈子泽畔的行吟
大虚无消融出关爱的晶莹

当文明变动地壳的那天
诗呵,你也去石化成幽兰

红柳

我的早春有天蓝的幻想
露含花心里藏着个小太阳
我的孟夏有风暴的狂热
漫山的玉米火焰般歌唱

来到秋郊了,追梦易水楼
诺亚方舟在百慕大悠游
心怀着圆明园一片废墟
我难作山阴道上的诗囚

不幻想生羽翼翱翔天际
心儿里塑一尊力士参孙
力泉是红柳深扎于大地
擎得起阴黑沉沉的闸门

爱恨知多少,问我的血液
它日夜在流呵,一滴一滴……

意志的脚步

我得去踏尽那一条道路
道路上全都是霜草寒露
纵使我的心枯竭了清泉
岁月在紫色里冻成虚无

呵,那山那水,草甸如深潭
荒鸡正叫开牧帐的凄苦
意志:一个个延伸的脚步

撒哈拉牵驼人望断云山
蜃楼梦诱着他走向明天
红柳间忽闪出万道波光
潋滟的太子湾玫瑰灿烂

呵,是爱是怨,莺啼若有泪
该湿尽高楼如花的红颜
生命:一行行奋飞的大雁

骑士梦

杨柳岸晓风残月的伤感
哪还能织成幻美的锦缎
尺八的楼头吴侬氤氲了
唯古藤重掩着野山尼庵

我乃举燃烧的荆棘寻你
呵,安多纳德,何必躲闪呢
你的黑睛里流盼着凄迷

胡马嘶北风,嘶破丹心
越鸟巢南枝,巢满亲情
骑士的梦里伊人迢遥了
但马刀斩不断秋水盈盈

我乃涌莱茵的波浪来访
呵,克里斯朵夫,不要绝望
你的血液里飞旋着太阳

伊甸园

是什么风吹过,沾着梦香
爱娇的夏娃竟有了惆怅
智慧树悬起的串串渴念
那该是鸽哨声,青空悠扬

冰的火亮出了爱的神秘
你乃有巴山夜雨的期冀——
伊甸园,千里万里的距离

是什么梦浮起,月白邯郸
秋眠的亚当竟梦见春天
毋忘花开出的朵朵灵思
那该是星陨声,长夜清远

还魂草绿遍了生之旅途
文明在十字架面前踟蹰——
伊甸园,千年万年的寂寞

荒洲

呵,你的心魂是梦的荒洲
岁月的深海里恐龙在漫游

当露水洗净昨日的太阳
为枫林披起十月的辉煌
红帆船悄然出现在海上

那就让梅花鹿碎踏苔径
投入于牧女春水的双睛
袅袅的炊烟下柴门半开
期待着迢遥的信鸽多情

于是海忘了世纪的困乏
幽秘地重构起珊瑚心塔
液体的旷野上开遍浪花

神思已绿透生命的白草
呵,你的图腾是伊的倩笑……

伽兰夜歌

让燕子把这片艳红的春天
裁剪成你那年华的衣衫
青灯下,幻思如云地拥来
你说你从没有美丽的诗篇

呵,小瀛洲浮满白鹤的羽翎
紫竹林中有香烟的氤氲
净瓶水浇活了一段愁根……

于是我进入了银夜的神秘
月光的素笺上写满"爱你"
晚祷后,月门悄悄儿推开
你说你已捡到诗篇的美丽

呵,古天竺响起了伽兰夜歌
瑶池里荡漾着并蒂莲荷
贝叶树也在月光里婆娑……

生命树

生命树竟在长眠后醒来
吉他荡走了陇头流水
乃想起故家三楼的摇篮
初雪茵梦湖，红梅绽开

无须说海洋恋爱着月光
让小溪清粼粼流入诗行——
呵，没照过影子她最清亮

可只有空梁落下了燕泥
梦也似播下古莲的记忆
绿色的邮铃摇不开花朵
长烟落日里，孤城紧闭

不必问那是谁魂断蓝桥
让陨星悄悄儿越出天道——
呵，为追踪虚无他最妖娆

生命的荒芜

雪原上踏出的这条小路
雕塑着你那生命的荒芜——

山洪暴发的那一个初夏
末日的南园扬一天黑鸦
灭顶时,青春犹梦着赤霞

从此你徒有祈祷的虔诚
希望飘梦在绝望的江心
郴水二十年依旧绕郴山
子规啼不来自由的绿茵

又当情人草长遍了燕滩
谁却让竖琴在雨巷断弦
柳浪闻莺于书林文澜……

你说你怀有似水的记忆
这汪水可总是结成冰的

榴花

漂泊的足迹,板桥,浓霜
心灵在茫茫的荒野游荡

因了美目里五月的榴花
爆醒了栖霞岭一片栖霞
我乃有绿藤悬窗的幽情
让生之拼搏丢失了胡笳

沧海有月明,鲛人有泪
解冻的相思随一江春水

可你是江南古镇的秋心
纺车在屋檐下摇起梦境
当篱门重掩起榴花以后
尼庵的烟篆里飘过倩影

无边的行程,鸡声茅店
残月催着人走出荒野……

江南春

千里莺啼出梦恋的征候
丁香的雨巷,油纸伞,烟柳
月楼的酒旗还飘荡着吧
江南春绿起片无边新愁——

盈盈一水间有槐花朦胧
陌上桑,娉娉袅袅的芳踪
燕呢的织女真爱牛郎吗
南冠的岁月幻现出葱茏

死海里浮沉,铁窗,寒鸦
凄艳的相思是月笼荒沙
重来时你也有小杜之哀了——
叶成荫,子满枝,情断天涯……

忘川里照过倩影的流水
汇入进宇宙作永恒轮回

烟霞洞

何必是一条淋湿的山径
听枫叶唱尽霜曲的凄清
当燕呢破译出发黄的故事
世纪的浪漫竟柳暗花明

那就让逝川去追回残梦
人生的栈道,绛色行踪
南高峰下有暗香浮动

真该是一朵含露的玫瑰
海客的眸子里开出芳菲
当孤帆远映出荒芜的季节
牧歌的青春竟悄然归来

那就让残梦去装饰逝川
历史的邂逅,蓝色伊甸
烟霞洞外有帘雨潺潺

芦苇

告诉我:岁暮的白鹭洲头
萧瑟的芦苇声因何哀愁

是想起莲叶田田的夏天
萤光正蓝梦在水滨草滩
你的小夜曲也微波轻澜……

那我的记忆也窈窕着了
窈窕于静子的裙裾轻飘
当流星掠过天穹的那刻
美目有耶路撒冷的感召

可一曲古兰经唱彻神圣
唯剩有荒原残道的游魂
长烟落日里也愁闭孤城

芦苇哟,等大地凋残了霜华
我和你能合唱迎春歌吗?

透明的喧哗

大海，浩淼的液化思维
碧色的波涛激荡着灵气
珠贝吐出了闪亮的恋歌
珊瑚有豆蔻年华的美丽

淡淡长江水贴几片白帆
悠悠楚天云栖宿于巫山
绿洲，戈壁不死的心呵
迢遥地浮起群岛的梦幻

当银河溅出星流的浪花
奉献给潮汐透明的喧哗
海葬的渔女化作鲛人了
望明月，相思泪闪闪烁烁

大海乃彻悟生命树常青
西风残照里有长亭短亭

芳甸

何处曼歌声系绕着芳甸
这春江花月天何人初见
若虚,我也有蜃楼幽梦了
三月夜,滩头,笛韵的江南

该还有浣纱女泪滴花丛
舟子低叹着月儿像柠檬
但青枫浦上的云已飞走
相思明月楼也朦朦胧胧

我乃有星槎梦:群鱼跃鳞
碣石潇湘路亦滟滟波平
无边的透明里天地交感
理性的宇宙也花树摇情

潮起了,合着辽远的思绪
我要与万千的生灵共舞……

梭罗河

湄南的映山红开遍丹山
杜鹃在泉水边渴求地呼唤
这时,他梦着远方的梭罗河
回不到灵魂的蓝色家园——

牧羊女沦落在胡康河谷
叶笛吹出了神秘的牧歌
哎,美丽的爱情里亮着磷火

晚潮带雨来更袒露激荡
野渡无人时奔向了海洋
这时,她梦着湄南的映山红
开遍梭罗河无边的波浪——

打渔人晒网在南天椰林
螺号吹出了美丽的生命
哎,神秘的磷火里亮着爱情

梦泉湖

记着这一场碧色的眷恋
梦泉湖浮映着云影一片
当素白与蓝韵辉耀遍了
缪斯降临于天地的交感

从此伊甸园再现出风景
灵思调弄起断弦的竖琴
有凤绕丹穴山有蝶恋花
多彩的精灵全织进波心

可是受了谁宿命的感召
云影轻掠过又飞向迢遥
你呀你已去了哪个幽谷
我只能秉夜烛低吹洞箫

梦泉湖寂寞地闪着寒光
冷波里全是云影的意象

四月的温馨

古梦,夜气氤氲的幽径
歌声星芒出四月的温馨

这该是牧野笛声的飘逸
涧水流成了逝波的明灭
尘封的故事又重现莹洁

八千里云和月,踏尽荒路
芒鞋,征泥,蓝色的虚无
今宵莫不是相逢在梦中
魂断威尼斯也已成废都

那就让艳红消融尽荒远
智慧的孤独也卸落风帆
我和你竟重返灵魂家园

祈愿这幽径延伸得更长
更长,有歌声飘开芬芳

长巷

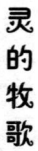

号角在召唤酣睡的荒野
跋涉者想起丢失的春天

那时的跋涉总是多雨的
有太多月台,太多的幻灭——
一个盲诗人正捧着三弦
古镇的长巷口徘徊叹息……

人类的时间已很古老了
人生的故事可没有编好

当我们邂逅在漆黑的长巷
天低垂,你两颗星星真亮
这不是跋涉者遗失的吗
你笑着导引我走向宽广

黎明的火轮已滚过沙丘
让灵魂沐浴吧,沉入光流

海思

海思里可藏着荒梦楼台
月暗帘栊后有花蕾绽开
霜瓦上桐叶流下的秋声
也像在赞美,不哀叹原罪

狂雨,沉雷,猩红的闪电
宇宙湿漉漉全已经裸现
失舵的渔子你就沉没吧
任海底白骨与珊瑚作伴

漏滴尽残夜滴不尽悲凄
二月的风筝惶惑于天际
百代的过客乃踏遍街巷
山遥水长里品血色亲昵

春雨夜航路,笛声悠悠
人语驿边桥,缆解渡头……

北国草

北国草透过宿命的雪雨
迢遥地思念着南国棕榈
受了麦加城神秘的呼唤
圣者有一场落寞的行旅

飞扬的尘土是恒河之沙
还能捡得这璀璨奇迹吗
就在你闲梦江南梅熟时
夕阳湖沉没了波尔塔瓦

可君山依旧有篁中女妖
半裸的歌声里开遍倩笑
你扎紧芒鞋，捧着破钵
异域生街，踱不尽昏晓

世纪的伴侣是水水山山
霜月搁浅于干涸的河汉……

音尘

如果真能从记忆的岩层
发掘出这一座安阳古城
那么白梅缤纷的洹河边
秋风里该还有一番风景

也许是新月透明的梦呓
像露珠柔依着莲叶流碧
翌日有初阳金属的琴弦
拨响了丹枫的铜声不绝……

呵,驿马音尘里重来何时——
比飞碟更显成熟的幻思
从此若有人在灵山之阿
唱断了生命,可献歌给谁

绿色的绝望刷新了废墟
绝望的审美乃依着石椅……

水风

水风摇曳出碧云悠悠
寂寞河洲有月色的温柔
碎踏苔径声麋鹿来了
迷忽于白蘋芬芳的绸缪

菟丝草枕着泡沫的水浪
涂泥回流成丰盈的阜岗
在那茵绿的中心,是榴火
神圣的燃烧欲祭拜帝乡

于是有醴泉幽滴出梦幻
斑鸠在青空渴求地呼唤
鹿步乃成了沉醉的曼舞
旋入进丛薮,轻扬蹄流盼

纯美的电感掠过之后
麋鹿已解体,超生宇宙……

伊人岛

梦幻的伊人岛藏在何方
芦苇摇白了相思的艳装
当声音踮着脚向你走去
清凉寺,暮鼓已敲出苍茫

斑竹的呢喃别有韵味
雁过的海空荡起轻雷
真的吗?霜花也飘出芳菲

神奇的伊人岛埋在哪里
电波牵不住记忆的飘逸
当灵魂披着纱向你告别
扫叶楼,蜡炬已盈泪欲滴

珊瑚的凝火空有光度
潮落的海滩又失航路
归去吧,朝拜空漠的圣徒

幻望

那日子我不会忘却,子昂
幽州台上心悸的幻望——

复活节前夜,雪橇已飘远
冥冥中传来解冻的呼唤
我想,我应该走向明天

于是又捡回生命的序曲
荒原上,歌子在追赶麇鹿
当晨钟敲响庄严的时刻
探求者踏入漫长的梦谷

曙光的晶石堆砌着神奇
梦谷有宇宙不夜的世纪
理想让意志雕琢得美丽

那日子我记在心里,飞卿
白蘋洲上显出的绿茵……

风涛

我拥抱大地、花朵和麦浪
欢呼每天的第一缕曙光

我要去科尔沁草原驰骋
马鞭唿哨出历史的征程
在莱茵河上驾一叶渔舟
寻访罗累莱听女妖歌声

创造的好望角就在那里
我要从时间的深沟升起

可面对泅游者力的骄傲
我却迷茫于骚乱的风涛
允我在海边筑象牙塔吧
飘逸地赞美，暮暮朝朝

我的真实是书斋的爱情
我的爱情是矛盾的结晶

珠贝

请允我为你去潜入深海
探求水藻间那一粒珠贝
神秘的精魂苔色青青的
鲛泪和风涛,沉船红海月
全都融凝成灵台的莹洁

当人间陷入世纪的梦魇
荒原回荡起冥冥的呼唤
莫回首高楼三更的无眠
似火的相思有紫光吐焰

是谁在太息雨雪霏霏呢
我却有岁月轮转的美丽
千里莺啼出红花和绿叶

那你就接受珊瑚的艳美
这可是一具青春的残骸

月亮船

我说你是一朵天国娇花
瑶台上神赐你如梦年华
当诗魂拥着爱投向人间
再见了,银河岸蓝色星沙

月亮船飘呀飘飘落椰林
芳洲的樱花季碧草如茵
青春在牧歌里荡漾亲情……

我说你是一个有翼天使
灵灯下神为你梳理羽翅
当大地披着雾沉入魔谷
遨游吧,离恨天智慧的幽思

斑鸠鸟唱呀唱唱遍眷恋
海国的暮春夜珠贝璀璨
生命在期待中飘来红帆

站口

生命在光阴的站口徘徊
幻思一次次走向期待

也许梦谷里有灵灯闪亮
流星飘落在斑竹的潇湘——
天国的娇花新浪漫着了
圣歌里,大地神秘得芬芳

可列车依旧从站口驶过
铁轨抛出了节奏的虚无

于是有咸阳古道的盘桓
汉瓦和秦砖,蓝田玉生烟
清秋节,乐游原上的游子
笛声随昭陵的木叶飞散……

从此灞桥边筑起了站口
期待在生之荒滩上折柳

白梦

花开草木凋岁月迢遥
旋转的奔驰里惶惑着了

那就让越出轨道的陨星
负着白梦向百慕大飞行
让约旦河边虔诚的圣徒
蓝色的水风里沐浴歌吟

我将为哲人去勃朗峰巅
在七叶树下瞻望明天

等歌声把征途染上哀愁
星芒暗淡于浔阳的江头
那时的游魂也有回忆吗——
绿荫小庭园,书斋依旧

雁飞燕归来,季节轮回
世纪的末日我拒绝颓废

游丝

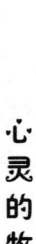

柳荫下我们告别的时候
梅雨潇洒在灞陵桥头

于是郴江上有孤篷野烟
渔光曲唱亮了几朵伤感
月明星稀里放白鸽远去
捎走吧,鲛泪浸透的残简

可黑睛何处?若银铃声飘
折柳人挥出的距离迢遥

洞箫乃吹不尽《秋水伊人》
断魂若游丝浮浮沉沉
光阴则带着脚镣在走
一路的踉跄,一路血痕

当汽笛给月台送回美丽
荒野吞没了过客的足迹

钓雪

荒原和小河都白蒙蒙的
雀鸟有难觅人迹的哀泣

孤舟芦苇岸,戴箬笠垂钓
钓的可全是空间的迢遥
抑或时间旷古的寂寥?

你却说要钓大地的寒冷
寒冷的精魂是雪的白纯
当风景多彩地融成一色
寂灭的和谐晶莹得神圣

于是有审美终极的感悟
你并非钓雪,是在钓虚无
要钓走世间冷却的地火

可腊梅也已在河边怒放
我偏要钓春天:雪中辉煌

秋水

黄昏星亮出游鸦的思归
你踏乱蛙鼓烟水边徘徊
莫说热情是蜡炬成灰呵
五月向榴花已付出信赖

就在普罗旺斯的草原上
爱弥尔和妮侬正在歌唱
遍地野草莓酿成的欢乐
使我看到了生命,梅娘

你点头抿嘴,妩媚地笑了
可在最后的白夜,彼得堡
当一角世界又捡回烈火
有秋水透明地流向迢遥

秋水盼冬来,更冷些,结冰
让众生踩踏,坚实地行进

初雪

凝固的月色轻抹着雁翎——
初雪有少女晶泪的哦吟
何必问晶泪溶沉哀几多
月色的幻灭尸盖起野径

可是雪野已天蓝了北风
透明了寒江,孤舟渔翁
江南的冬眠有幽梦青葱

当人面桃花辉映出春波
蚯蚓有旷放泥色的恋歌
帆影的河港有燕语轻轻
有情人摇呀摇摇向天河……

可是时间已石化成暗礁
眨眼咧牙,狡黠地笑道:
"我藏有初雪,冷艳闪耀……"

梅雨

在这个风雨凄迷的时刻
鹧鸪的呼唤也湿淋淋的……

梅熟的五月,雾失重峦
燕呢亭上有燕呢的轻寒
依偎里尘世随泉水流走
竹林雨如烟,别有洞天

檐溜的故事是远客的梦
桃叶渡告别了生的艳红

我乃让燕呢亭心头重构
风雨凄迷是回归的时候
可你也会在楼阁独守吗
脉脉的相思把箫声浸透

书山的攀登者驻足远祷
阶前的美人蕉悄悄开了

飞碟

岁暮夜,阴雾蹒跚的荒原
我在野河上寻找着新岸

无须问为何从大山出来
霜凋尽那儿的樱花草莓
每一滴山泉歌吟的音符
全成了冰谷结晶的眼泪

让脚肿淋血,希望荒凉
灵魂的歌唱可没有冻僵

蓦然有一轮蓝色的神秘
横穿过荒原在前站蹀躞
光焰里传出召唤的娇声:
新岸在这里,美在等你

梦幻的启示是春的复萌
天外客消失于茫茫云层……

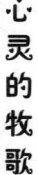

陨声

人类穿越的长巷黑漆漆的
世纪却因你而显得亮丽……

多年前江南多雪的冬天
你曾以殉道歌升华了灵山
这叫个寻梦的少年深信
荒野的曙色定会在彼岸

翻雪山踏过草地的诗人
虔诚地跨入凯旋的拱门

美丽的彼岸，芳草萋萋
太虚梦正在把原罪刷洗
于是寻梦者又伴着你走
背起十字架，悲壮圣洁

流星飞过时历史添泪了
荒野上星陨的哀声迢遥……

燕草

燕草如碧丝,是一脉相思
月上柳梢时犹帘卷迟迟

你多爱汉园斑驳的青苔
寒塘,古波,陨落的雁唳
檐雨的故事有梦的甜美

那一次"一二九"警钟敲起
芦沟月也在硝烟里凄迷
你终于埋葬罗衫的幽怨
北国荒原上飞一径马蹄

当窑洞开出灵感的灯花
失落的青春也回归了吗
夜歌让眼泪全渗透朝霞

巫山的纤夫纤尽人生路
文化红沙碛添几粒贝珠

古池

　　石栏上烙满莓苔的斑痕
　　枯藤老树，秋思的年轮
　　你总以碧水盈盈的殷勤
　　遍映着花容，满孕霜声
　　呵，无悔无恨，洪荒在美丽
　　沙石纵堵住水晶的清纯
　　古池：自豪于悲壮的殉身

　　水心里浮散月晕的莲叶
　　天光云影，夏梦的飘逸
　　你仍以含情脉脉的波韵
　　滋润着浪客，眸语莹洁
　　呵，有悔有恨，美丽在洪荒
　　有谁还留恋古典的深碧
　　古池：自慰于寂寞的朝夕

鹧鸪天

给我苎萝村口的芳郊
浣纱滩碧水流藻
五月风里的鹧鸪天
绿遍古原草
呵,烟霞烟柳,春情春潮
江南的鸠声唱彻
故家的春晓

给我琴妮湖边的鲜花
圣母院钟声飘瓦
孤帆影里的鹧鸪天
情断珊瑚沙
呵,远山远水,古堡古塔
异国的鸠声唱彻
春晓的故家

生之歌

你该是南天风绿遍草原
小城的画意在蝶迷沈园
威尼斯星水迷茫
波影里燕翼云帆
呵,莺歌海,柳浪滩
芳草天涯客心归何处
人生咏叹于太虚庵

我乃戍边塞马踏断谯楼
古镇的诗情是霜白幽州
高加索冰谷狰狞
笳声中南冠楚囚
呵,关山月,雁门秋
仰天长啸者路在哪里
人生腾跃于古北口

浪淘沙

我已迷上旷放的中亚
唐古拉一天流霞
风急天高的万里漂
雁唳到天涯
呵,帆影星影,三峡三巴
历史呼唤着生命
浪淘尽黄沙

我更耽爱奔逝的汉唐
神女峰漫空飞霜
月白枫丹的千秋情
枕梦到海疆
呵,草萌草凋,秋阳春阳
生命体现成历史——
沙激起白浪

风景

你是我一片三月的风景
麋鹿样碎踏出灵山幻境
杏花雨乘兴洒过
柳梢头春梦轻灵
呵,夜已浓,鱼已隐
高楼荡笛韵美丽多情
生命捡贝于东海滨

我是你一支六月的船歌
榴花样爆裂出草原烽火
太阳风按时吹来
群岛间海思辽阔
呵,沙已白,浪已浊
古莲吐红焰辉煌何处——
生命泊舟于风陵渡

苦楝树

苦楝树可也有一片苦意
沉默的乌石山迎来飞雪
浔阳江琵琶伤感
你眼里浮满冷碧
呵，爱是悲，悲是美
烟笼着寒水恍惚迷离
腊梅开罢是情人节

爱琴海能奏出几曲爱歌
古意的希腊岛荡漾莲荷
雅典娜神殿梦酣
你心里踏过明驼
呵，昔是今，今是昨
叶飘尽花期迷离恍惚
历史尽头是新大陆

寂寞与欢乐

我的寂寞是你的双睛
月下的雷峰塔明灭流萤
季候鸟百代旅梦
椰林边芦笛温馨
呵,山也青,水也明
钟摆摇残夜荒鸡啼鸣
别问何处是十里亭

我的欢乐是你的歌喉
岸边的天涯阁望断春秋
海碰子千载冲浪
流辉里朝云出岫
呵,生也美,情也绿
火箭送飞船太空悠游
莫忘心灵的海北州

凉州词

我有黄沙白草的美丽
威远楼声声羌笛
折杨柳里的望乡夜
冷月皎如雪
呵,孤城孤魂,残漏残叶
我的心纵使荒凉
但没有悲悒

我有征骑角弓的激昂
嘉峪关巍巍边墙
落日光中的烽燧路
笳声流成霜
呵,险山险水,异国异乡
我的心纵使苍凉
却更有悲壮

霜天晓角

让心融成昨日的河山
大雁塔神采暗淡
塞北秋心的若耶路
红柳江南岸
呵,飞槎飞船,是真是幻
拓荒者吹起晓角
悲壮了霜天

让爱化入世纪的奔涛
台城柳伤怀缥缈
江南春情的飞天梦
绿风塞北草
呵,天雨天花,亦美亦娇
探求者极目霜天
悲慨于晓角

蒙娜·丽莎

黑发垂成米兰的风景
朝山人幻入密林
烟柳迷蒙的桃叶渡
寂寞长桥吟
呵,塞雁塞秋,晓天晓星
神秘的蒙娜·丽莎
飞碟在飘影

浅笑荡出波河的微浪
泗梦者徜徉水巷
千里莺啼的伊甸梦
潋滟夕照光
呵,南燕南归,天使天乡
神圣的蒙娜·丽莎
浮槎已新航

灵界的智者

在这岁暮夜怀远时分
孤舟也泊岸难寻
佛罗伦萨是迷茫的草甸
拉维纳雪鸦飘影
离恨梦浮浮沉沉
呵,灵界的智者
美历经炼狱,回归凡尘

在那中世纪蒙昧时代
残堞已木叶纷飞
贝亚特丽是四月的花林
维吉尔笛韵落梅
情人节年年岁岁
呵,神性的歌者
爱沐浴圣河,凡尘回归

玫瑰花雨

你唱吧,莱茵河星水微澜
落霞孤鹜的冥思者
灵魂在浪漫
呵,庞贝纵马,雅典探源
玫瑰花雨的火焰中
梦与幻
玛甘泪引你上天汉

且想起:云岚桥花月旅程
秋水长天的浪游者
生命在浮沉
呵,迷娘多情,南国芳芬
吉息尔汉的木屋里
诗与真
宇宙律送你去安身

自由的元素

请给我如歌的无邪时光
秦淮的灯火苍茫
你诗行的密林迷失了我
神异的凯恩,梦的茨冈
乌克兰荒野的流浪
呵,灵魂在追踪
自由的元素,大海动荡……

莫给我似魔的困惑年华
灵峰的梅影婀娜
你诗篇的意境重塑了我
幽囚的荒村,雾迷白桦
马赛帕跋涉于流沙
呵,生命在神往
永恒的美丽,心在天涯

阴郁的行云

高加索山巅肃穆的悬崖
可是神秘的天涯
雪雾迷漫的十字架下
有幽谷钟声,古堡尖塔
你那哀愁的年华
呵,谪放的精灵
魂绕着塔玛拉冰谷娇花

捷列克河上阴郁的行云
可是缥缈的孤鸿
羊铃浮荡的大草原上
有牧帐暮烟,明眸笛韵
你那美丽的荒冢
呵,逃亡的童僧
挣不脱露西亚长林沉梦

天方梦

樱花节,汉堡是秋的家乡
天方梦里的阿玛莉
美丽得迷茫
呵,北国松原,行程苍凉
罗曼采曲寻觅着
月殿洋——
渔家女有鲛泪情长

流霜季,巴黎是春的芳邻
马赛曲中的诺得奈
自由已狂潮
呵,南欧萍踪,征途迢遥
褥垫墓穴祈求着
乐园鸟——
盲歌人有灵灯闪烁……

梦思

告诉我：这可是你的美丽
古歌漂泊的塞纳河
有月桂太息
呵，天暗云低，幻象凄迷
黛尔菲卡的招魂中
雨霏霏
冥河边等你是珍妮

别说了，那正是你的辉煌
诗琴弹响的阿基坦
有人鱼歌唱
呵，月明星稀，梦境悠长
奥蕾莉亚的预言里
天苍苍
净界上引你是迷娘

空山灵雨

先觉者,请给予一片朝霞
玫瑰映红的吉尔湖
生命在幻化
呵,空山灵雨,远海神塔
天鹅飞离的宿命图
格伦卡
力与美谐和成喧哗

浪游人,莫说起再度青春
生命超越的斯莱沟
塔堡已离魂
呵,此生彼死,此死彼生
丽达引向的旋体路
拜占庭
情与智合唱出永恒

密拉波蓝桥

请留下这一座密拉波蓝桥
世纪回眸的妖娆
你曾以修道院圣水的虔诚
浇活了旧梦,灵魂在祈祷
远钟声紫色得幽渺
呵,庞贝的末日
号角和鲜血,素娥窈窕……

莫流走这一片塞纳河古波
生命具象得虚无
我该用超现实色彩的热情
去描绘流速:逝者如斯夫
木叶声长叹着迟暮
呵,沉落的小太阳
桂冠和眼泪,玛丽何处……

蓝色的相思

幻梦者,新月是你的船么
载着蓝色的相思曲
来朝拜佛土
呵,山川神圣,大地辽阔
吉檀迦利的祭献中
摩揭陀
生命又庄严的复活

痴情人,园丁是你的心吧
绕过最后的情人节
去披戴袈裟
呵,吮吸阳光,望断天涯
波西米亚的寻踪里
瞻波伽
创造是永生的精华

辽阔的音域

请你把二十首情歌唱起
阿劳加在遗失美丽
亚美尼亚有冬天的风
鞭笞尽马楚·比楚的花季
哈拉玛宵禁牧笛……
呵,伐木者醒醒吧
辽阔的音域,无边流徙

请别把那首绝望歌吟哦
葡萄园绿荫着明驼
圣地亚哥有血色的浪
泼不灭佛罗伦萨的圣火
卡普里月笼稻垛
呵,魏地拉倒下了
诗篇的元素:人类雅歌

断桥残雪

爱情的旷原上没有山坞
踏歌被河流切断通途
钱塘客隔岸遥望
水风中伊人何处
呵，桃叶渡，青枫浦
今宵江南梦断桥怀古
行程唤不来曙光路

青春的重峦间纷扬离雁
绿风给冰窟煸活灵焰
守山人扬鞭飞骑
惊鸦里冰崩山涧
呵，月牙泉，敕勒川
明日航天路残雪化冻
融水润活了素心兰

苏堤春晓

你该是姜夔遗留的笛韵
却不见歌女小红
呵，软语李花丛
金沙港流霞光里
有杨花迷蒙着插云双峰
这苏堤
情侣的春晓恋太匆匆

我已成东坡吟出的诗稿
铺一地灵思芳草
呵，泊舟锁澜桥
苍虬阁翰墨香里
有荷风迷乱了烟波三岛
这春晓
过客的苏堤行已迢迢……

柳浪闻莺

这一路行程是伊人的柔曼
月亮船卸落了红帆
呵,映波夕照山
大漠客烟花三月
酒旗风飘出年华的荒远
柳浪里
爱情闻莺于太子湾

这一地歌吟是春水的寻踪
太阳雨潇洒着流虹
呵,清波夜鸣钟
幻游人凌霄几度
水云轩赏遍季节的葱茏
闻莺时
青春柳浪出西子梦……

南屏晚钟

那一条长堤有软语的温馨
灿烂着美景良辰
呵,千里江南春
行脚僧踏遍云桥
冲浪的樱花季生命清芬
南屏山
松风中禅悟着晚钟声

这一座古刹有幻思的绚烂
神秘着生死尘缘
呵,无边艳阳天
浪游客帆落花港
栖鸦的白云庵岁月淡远
晚钟声
烟霞里迷茫了南屏山

平湖秋月

昨宵的垂露亭荻花飞絮
幻船是星水野鹜
呵,西岭千秋路
迢遥的文澜风光
神秘出钱江潮斑贝育珠
平湖水
中秋月漂白了凌波浦

他年的浮碧轩灵芝葱茏
梵天有梅鹤霓虹
呵,孤山一片云
浩淼的书海航路
迷幻着阮公墩浮槎飘空
中秋月
平湖水柔映着摘星梦

雷峰夕照

苔痕的岁月是飞雨流霜
藤萝间檐铃轻荡
呵,寂寞诵经堂
三世佛敛眉低叹
云烟缥缈出宿命的沧浪
雷峰塔
且沐浴虚无的夕照光

劫波的山崖是卷石迷沙
尘浪里惊鸦喧哗
呵,零落天雨花
伽蓝梦天国何处
白鹤驮远了灵山的残霞
夕照光
请映彻崩坍的雷峰塔

莫高窟

你可是枯海里打捞出来的沉船
沉船
伽蓝梦犹在酣眠
中亚细亚古道的雅尔丹
贝叶树
青灯莲花座,有女飞天
霓色的曲线……
我乃有三世佛神秘的启迪
诀别了,昨天——
驼铃,世纪无边的苦涩
大漠的孤烟
呵,心也在遥唤长睡千年的灵感……
灵感似幻
精神的枯海里打捞沉船……

沧浪亭

莱芒湖未必是爱的圣地
泊舟烟柳岸
有古庙紫竹燕呢
净瓶水洒处
心屏上幻现出山涯水湄
鹓鹓比翼
长春藤乃悬进百叶梦窗
你的她的……
呵,智慧的勃朗峰已盖满白雪
可她在哪里
孤客沧浪亭
乌桕树下有绵绵的回忆
回忆
天目山北是苕溪

稻垛

你也让心的孤舟飘瘦了丹秋?
丹秋
江南岸折尽岸柳
乌兰不浪旷古的大荒丘
行脚僧
敲沉了木鱼芦花白头
流水绕郴州……
我乃有巴山夜雨的沉思
悲壮的悠游
旷原,被人遗忘的稻垛
残夜月如钩
呵,那该是大地耸起的座座丰碑
丰碑出岫
历史的延续中一组站口

晓风残月

她那天拥朝霞走向了你
明眸忽闪着
玫瑰五月的艳丽
你心湖深处
那岁月有霜天乌啼
渔火明灭
漱玉词中的绿肥红瘦
也无绪赏析
呵,遥感于高加索悬崖的十字架
美只能寻觅
旷远的神秘
远钟声破译着残夜梦回
梦回
杨柳岸晓风残月

紫结

云雾湘江有帝子的苦恋
丁香的紫结
系不住九歌的红帆
你乃寄情于
秦汉的关河隋时柳烟
二十四桥
人依柳,唐韵的珠帘
笛声哀远……
呵,纵有清辉昨宵的沉鱼落雁
虹霓般幻散
让漠漠平林
雾织成寒山碧色的伤感
伤感
何处看明月明年……

飘风

那忽儿乐游原浊酒长亭边

有一笛飘风

吹归了昭陵望远

云悠悠

千载浪迹关山

何处寻水碧沙明的浣纱滩

有斜晖脉脉

人依柳,萍草烟水间

红帆……

呵,这旷远之思

乃成了浪迹溟蒙的太空船

鸟雀南飞里

绕天汉

枯藤又老树,何处泊岸

落叶

你也在梦想着长安古道的落叶
落叶
邮亭外雨声淅沥
伊洛瓦底荒岸的篝火里
背纤人
忆起家园绕宅的竹篱
飘香的木樨……
我却有回雁峰宿命的夜祭
大地雾浮起
新月,红帆飘来的希望
廊桥又诀别……
呵,那就让大江日夜流流尽旷远
旷远无极
浪淘尽梦中梦时间足迹

风雪夜归人

跋涉者走在苍茫的路上
沉思的孤帆
飘向桐叶的枯黄
年华流逝了
你乃让生命作四月的幻望
暮笳流荡
可昨日的飞天人并未敛翼
魅力犹芬芳
呵,多情的明眸是二泉映月
浪漫的乐章
风雪夜归人
以大地作素笺泼墨热狂
热狂
柳浪闻莺于书房

平安夜

告诉我：可是摇曳的烛火
使灵思飘忽
霜风里有铁马金戈
雁横天
白草古渡黄河
那你就八千里路云和月
去高歌求索——
平安夜，圣诞的零点
中国……
呵，我终于发现
你就是嚼烂沙砾的明驼
引我去踏尽
生之旅
从昨宵窄径到今日辽阔

沙沫

你竟也爱上黄河水里的沙沫
沙沫——
望乡滩浪子魂魄
巴颜喀拉神秘的大峡谷
羊皮筏
飞越泥石流染黄的云路
飘走了牧歌……
我乃有世纪客迷乱的沉梦
欲朝拜圣土——
霜风,芦苇萧瑟的河湾
孤独的木屋
呵,这该是心头长栖的一团乡愁
乡愁如雾
迷蒙着浪客的朝朝暮暮

寒鸦

你说你的生活不过是
驮尽绿色的寒鸦
蜡像的
山,冰砌的天涯
那你该去梦五月的伊甸吧
伊甸,夏娃
银河边白色的帐篷里
天净处一片星沙……
可你还梦见过乌鞘岭下
那段哀怨的枕木吗
呵,荒谷游魂
生之重无法承受的逐客
逐客兰新路
你,列车喧哗里空掷年华

精神的洪荒

当鲜花开满在年华的路上
生命的风景
荡开伊人的幻望
你却遁逸于
鸥鸟驮尽白浪的地方
渔寮,藤蟒
爱情是林中的篝火
蛇信般闪亮……
呵,我怎能不诅咒你那悬棺梦
尘染的辉煌
灵思的扁舟
再也摇不出精神的洪荒
洪荒
一片珊瑚的死光

仲夏

仲夏的西子湖荷风笙箫
月波正缥缈
霓裳羽衣的小瀛洲
灯明灭
一桴浮槎逍遥
于是你回忆也游丝袅袅——
风雨若耶溪
鸳梦回,花落知多少
残巢……
呵,云桨已化冰
栖霞岭梅亭弄管人无语夜祷
今夕复何夕
鹊叨枝
永接起此生的青春断桥

雪茄

虽已成越出天道的陨星
犹幻思雪茄连营
中箭的
马,残阳的血腥……
可鉴湖只给你柔曼的荇藻
荇藻,柳林
酒旗风飘回的沈园
钗头凤栖老月亭
于是有篷窗残漏到五更
山阴道孤鸿夜鸣
呵,剑南赤子
春波桥下水流不尽长恨
何处寄余生
诗:历史回眸时一滴泪晶

早醒者

那一天肆虐的流沙终于
围困住黄龙古城
安魂的
歌,缠绵得狰狞
只有你敢于把末日顶住——
顶住阀门
放孩子们一条生路
冲出去别求新境……
历史乃迎来长夜的中国
早醒者哗笑的黎明
呵,浴血奋战
扬子江汇入顿河奔腾
奔腾中回眸
你,犹怒对沙包下蠢动的幽灵

精魂

曾以生命暗绿的苗草
装饰自由的祭坛
世纪的
歌,大地的叛乱……
可黎明却只有苦涩的红柳
红柳,漠原
绝望的古尔班通古特
潇洒起冰雹的夏天
你从此梦断于维尔塔发河
杏花春雨的江南
呵,古国重光
生命树业已石化成煤炭
煤炭的精魂
说:请给我以火,我犹能燃

云霓

这海地能给你几多神秘
珊瑚岛幽光明灭
珠贝在
爱,痛苦在莹洁
可你说你更爱纸鸢的断线
断线,遁逸
游魂草天蓝了自由
波光潋滟成云霓……
我乃有心灵迷茫的悸颤
边缘外哪有美丽
呵,拒绝空虚
让硝烟衬绿九片新叶
诗韵盈盈时
瞧:力的前奏有大爱的郁结

隋梅

十四个世纪晨钟暮鼓

生命归何处

只有你仍疏影横斜

花如珠

暗香古刹山坞

犹记得杨广荡舟于运河

瓦岗起烽火

满江红,仰天的长啸

南渡……

呵,依一方净土

让诗也像你那样青春长驻

沉沦与超越

今与古

历史的记忆永不荒芜

剡溪

你说你恋着那条唐韵的溪流
莺歌幻云春草
蓼花滩头
叶笛里杨柳斜牵着一岸风
越女荡行舟……
可我的残夜不要王子猷
波撼戴湾月
情寄沙鸥
闲梦中漫步丽句亭
枉写着人生的花月春秋
时代正唤我
去放歌鱼跃平湖的新沃洲
呵,剡溪水
灵雨飘洒的壮游

阳明祭

那正是民族魂遭受鞭笞的年代
我来墓地徘徊
荻苇秋声
废坛的荒草在一声声嘲弄
砸断的墓碑
可我却像个精神浪游者
面对着良知
远天星辉……
而今,花街兰渚水
终于又飘起文化的芳菲
现代哥伦布
欢呼着你和新大陆同在
呵,王阳明
中华珠冠的翡翠

玗琪树

海雾山岚，石梁幻成的跨虹桥
引渡百代过客
灵思缥缈
莓苔的青春重返茵梦湖
新月又今宵
却何必风铃潭波冷色里
木鱼方广寺
宿命远祷
人长恨，一曲渔家傲
冰叶缀珠泪万千柔条
素光华顶鹤
只剩得岁岁碧心望海潮
呵，玗琪树
忧伤美丽得迢遥……

山阴道

镜里家山，一支蓝色的江南谣
唱遍水田白鹭
荒亭野庙
情幻的映山红映红采桑女
篷舟水迢迢
你乃有骑驴觅句的逸兴
流觞曲水边
离离越草
鸠鸣中一曲如梦令
却勾起木叶秋云的寂寥
蒲菖骆驼客
怎能再豆蔻年华谢家桥
呵，山阴道
望乡滩头起春潮

惆怅溪

几多个世纪,灵感砌成卵石路
犹闻驿站马嘶
散入云雾
该有过少陵心里的斑竹铺
谪仙梦天姥
可我的丹枫总是照不见
涧水桃花坞
伊人何处
樵歌里漫漫古驿道
长患着迷离的相思痛苦
诗情却让我
拾到现代人美丽的返祖
呵,惆怅溪
望穿秋水的野渡……

金银滩

这可是历史的长河里一滴心酸
心酸
白浪簇拥着金银滩
香舍丽榭虹光的诱惑里
商旅船
宿命地闯入温柔的涡漩
疯狂的昏眩……
于是你告别了高楼尺八
永垂水晶帘
栈道,辽远的川江号子
超验的悬棺……
呵,岁月依旧是明月明年何处看
云雨巫山
不尽的长江水声声哀猿……

金秋

谁说金秋天准是高爽的
瞧江草凄迷
梆声滴落于古潭底
邮亭外
冷雨芭蕉孤寂
这可是红河谷五里十里
踏烟水回廊
诉衷情,月沉女嬗西
荒鸡……
呵,你无需诠释
六朝如梦鸟空啼有何新意
虚无的终极
雾似纱
休想去装饰新一世纪

卷四　星沙滩

新西伯利亚

《东欧诗抄》之一

历史的大野是白草茫茫
桦林里风却染绿了喧嚷
哪还有流放地苍凉的意境——
风雪贝加尔,羊栏,毡房……

但这里定埋遍紫色的记忆
皮鞭下农奴在无声地咽泣
十二月党人脚镣的冷光
俄罗斯妇女晶莹的泪滴

于是伊里奇巨大的头颅
燃烧起矿工叛乱的地火
把真理铸成铁锤和镰刀
拉兹里夫湖有朝霞升处

可一个民族变幻的风云
只能是伏尔加河上的歌声——
峭岸,纤夫以染血的步履
去寻踪自由辽远的旅程

告别八月的新西伯利亚
舷窗下飞掠过铁道、钻塔
露西亚少女在柔声歌唱：
"我们的祖国辽阔广大……"

　　注：1997年8月22日至9月5日，我奉命率中国作家代表团出访马其顿共和国，参加"97'斯特鲁加国际诗歌节"活动，途经俄罗斯等国，心有所想，于途中陆续写成这一组诗。

莫斯科

《东欧诗抄》之二

这奥卡河上的灯影星影
叠映成我那迷茫的心魂——
当杜马大楼的硝烟散去
莫斯科郊外该夜歌低沉

怀着这一脉神圣的哀愁
我来凭吊这褪色的春秋
可花儿为什么仍这样红呢
普希金广场,喷泉,人流……

克里姆林是忧患的城堡
汹涌遍岁月紫色的狂潮
如今新月波光的氤氲里
有哲人凝思,钟声幽渺——

园林路环内真理曾叹息
米宁碑巍巍然迎过风雪
呵,自由总会有古莲的复萌
我看到世纪悲慨的足迹

那就让车负我山遥水长
白夜的街景并不苍茫
维嘉娇媚了列娜的双睛
列宁山下有新梦倘伴……

红场

《东欧诗抄》之三

华西里教堂有圣火烛影
斯巴斯基塔却钟声沉吟
为了去感受神话的美丽
我乃迷失于枞树的幽径

蜿蜒的宫墙隔不绝灵视
我看到正义、邪恶的对峙
战歌，号角，十月的鲜花
无形的凯旋门雄伟着青史

但拉辛在这里流尽血液
布哈林让良心在此哭泣
约瑟夫用烟斗抽着轻松
笑听"乌拉"声污染花季

舒谢拉设计的现代金字塔
长眠者难消除世纪困乏
四壁嵌满了的骨灰盒里
磷光也正在不安地闪烁

虔诚的朝圣人绕遍宫墙
墙门关住了一团苍茫
你这真理的望乡台啊
我作了一次瞬间的望乡

反法西斯战士墓地

《东欧诗抄》之四

小夜的水晶巷是一片枫叶
潇洒地夹入蒲宁的诗集
郊野却以祷钟声肃穆了
血色喷泉中神秘的墓地

沿石阶上去寻世纪风烟
发掘那失去灿烂的当年
可如今卓娅、舒拉的鲜花
却供成一座精神的圣殿

莫斯科亮起的满空繁星
掩映着一痕插天的剑影
大气中浮动正义的谶语：
这该是银鸽遗落的羽翎

于是我看到桦林的阜岗
一朵朵罗曼斯娇艳芬芳
让逝者笑迎每个黎明吧
这里是爱情洗礼的地方

异国的游子却一片感喟
明日的玫瑰谷苍凉了芳菲
索菲亚纵有绿色的展望
我难忘世纪母亲的清泪……

露西亚之恋

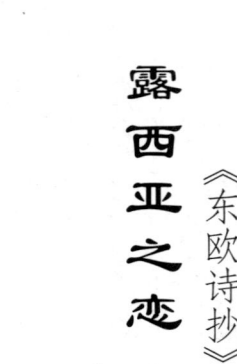

《东欧诗抄》之五

请允我走向记忆的芳菲
呈献这一束迟到的玫瑰
露西亚,曾有个若耶少年
普希金赐予他花季的幻美

请允我抚摸飘香的泥土
追思那一条灵感的旅途
露西亚,曾有个越州歌人
叶赛宁使他有天蓝的诱惑

请允我踱上丹枫的古桥
投影这一江天鹅的缥缈
露西亚,曾有个瓯海浪客
红帆船送去了生命的感召

请允我漫步茫茫的大野
寻访那一座信念的摇篮
露西亚,曾有个东方赤子
伊里奇撩开他认识的帷幔

请允我吻遍十月的红场
沐浴那一片历史的阳光
露西亚,曾有首黄河古歌
伏尔加协奏成悲壮的颂唱

斯科普里

《东欧诗抄》之六

告别了母亲的黄河长江
穿越过西伯利亚的苍茫
我怀着历史的庄严飞来
拥抱你，马其顿神圣的城邦

瓦尔达尔河静静地流过
白桦的林荫道波影荡漾
基谢拉红瓦绿篱的民舍
平台上，少女把提琴拉响

宁静而安逸，像一对恋人
依偎在曼特卡蓝色的湖旁
当白鸽消隐于玫瑰花丛
圣救主教堂有钟声悠扬

地震后捡回的创造意志
灵一样附着在人民心上
瓦特峰飘出的滑翔健儿
该是你无畏的精神意象

我多爱这片巴尔干蓝空
曾有过风雨也有过电光
但在你旷远的灵魂深处
永恒地存在着一个太阳

奥赫里德

《东欧诗抄》之七

清晨,十二位白衣天使
在巴尔干上空翩翩起舞
舞倦了又悄悄落入湖面
开出并蒂的莲花六朵

芦苇摇白了迷幻的云雾
这湖边该是颗欧洲明珠
比朝霞璀璨,有晨露晶莹
新城的神话编织进古波

当我从街头神圣地走过
历史咏叹于脚下的泥土
伊玛莱特山有城堡残堞
萨莫依拉犹古意巍峨

浓荫十字架,宁静的学府
圣克利门特是智慧的宝库
站在这斯拉夫文明源头
我看到科学奔流得壮阔

邻里的炮声已沉入荒漠
人类的世纪梦要重谱新歌——
呵,奥赫里德正斜抱吉他
歌唱着十二只白色天鹅……

斯特鲁加

《东欧诗抄》之八

斯特鲁加是一片湖滩
沙地上裸陈着青春的美艳
浪花哗笑成蓝色的浩淼
海鸥在水云间舞尽缠绵

斯特鲁加是一段诱惑
小船在芦荡里寻觅夜歌
菩堤树下有黄昏的恋人
草坪边婴儿车缓缓推过

斯特鲁加是一位女郎
轻灵的眸子牧笛样浏亮
月上柳梢时诗人们来了
人约黄昏后她春意荡漾

斯特鲁加是一座诗桥
东西方在这里招手相邀
美与美再不必隔水遥望
灵魂和灵魂在桥头拥抱

斯特鲁加是一杯美酒
让人迷醉出透明的乡愁
当我神往于戏水的天鹅
心却在杭州的西湖泛舟……

泰托沃

《东欧诗抄》之九

这一片谷地有海的奇观
红瓦白墙在竞渡着千帆
街道节奏出摩托的旋风
萨尔山被困于滚滚波澜

于是有索道描绘出险峻
雪橇流线成满坡的飞星
动与力歌赞的滑雪胜地
唤回了古希腊矫健风景

莱索克修道院却撑开青松
荫着纳乌木安谧的荒冢
母牛的草滩,铃铎一声声
山溪吟哦着幽古的葱茏

旷原上农妇的晚祷沉寂
野烟迷蒙起米勒的画意
当葡萄压弯了紫竹棚架
歌剧院已拉开浪漫新剧……

马其顿爱抒写天鹅的诗行
你却要走出巴尔干月光
呵,远航的螺号已经吹起
骚动的灵魂犹牧笛悠扬

马其顿之恋

《东欧诗抄》之十

斑鸠的黎明是一座愁城
生街徘徊出孤帆的黄昏
这时,母亲的你拉开窗帷
给人以荒远的童年温存

萨尔山坦荡着无边绿原
干草的芬芳在追踪村烟
斜坡上母牛怅望残霞时
何处牧笛声:溪涧潺潺

心仍迷途于波洛格谷地
直觉在回忆里多么美丽
肃穆的大厅因谁的流盼
从此有青春梦,杨柳依依

那就让怀念汇流成明波
游艇上去描出似水幻图
可麦加只有膜拜的神秘
亚拉玛传来了沉沉夜歌……

圣火已熊熊,诗桥多庄严
三角帆却飘失了你那伊甸
我透过霓色的水帘灵视
永恒的歌者,马其顿之恋

巴黎行

　　2004年3月18日至25日，我作为中国作家代表团成员赴法国参加巴黎国际图书沙龙中国主宾国活动，有感赋此。

"法航"呼啸成天蓝的飞腾
机翼流走了黄河、长城
当云波荡开三月的巴黎
我心头猛感到肩负重任——
这不是持杖者麦加朝圣

于是有凯旋门迎宾的喷泉
鸽哨的凡尔赛如梦似幻
孔子厅，希拉克的掌声里
我们让中华智慧的鲜艳
香飘卢浮宫，法兰西学院

这里是世界文明的藏金地
《国际歌》唱醒了人类真理
罗丹使顽石有力的沉思
雨果让圣母院人性地太息
蒙娜·丽莎呵，你美得神秘

但我也自豪于楚天《离骚》
《春江花月夜》灵思的缥缈
那就远眺吧,埃菲尔铁塔
地球村又一片风景多娇
长江、塞纳河在交汇拥抱

新西兰
——《澳洲诗抄》之一

蓝天白云下，呢喃着海洋
开花的大草原百鸟翱翔
透明的南极夜，鲛人相思
伊甸在礁岩上幽梦深长

那天，波西米亚的独木船
飘来了一片人类的语言
卡叶河畔有篝火的祭祀
毛利人狂舞出生命新篇

许多年逝去了，这块土地
终于被欧罗巴揭开神秘
火枪，血与泪，传教士海湾
装饰了伊丽莎白的美丽

于是有惠灵顿议会的掌声
基督城探询着青春永恒
玫瑰的奥克兰，喷泉，别墅
游艇争渡出力的狂喷

南阿尔卑斯有积雪千秋
布卡奇湖波让栖鸥碧透
情侣机在宅前飞起来了
云波上小夜曲奏得悠悠

罗托鲁瓦——《澳洲诗抄》之二

罗托鲁瓦的水是蓝色的
云绞下几点雨洒在湖滨
黑天鹅鸣叫着飞出苇荡
一颗颗音响也蓝得透明

罗托鲁瓦的地是绿色的
平展展牧场留几株水杉
绿藤的木屋，牧人哪去了
徜徉的羊群像朵朵云团

罗托鲁瓦的山是乳色的
华卡雷娃涧正热泉喷涌
湿滑的硫磺风无比温润
峰峦的蒸腾是地在激动

罗托鲁瓦的城是多彩的
南极大合唱用汽笛吉他
酒旗风招邀着今日世界
东方的歌人阿拉伯浪客

罗托鲁瓦的夜是紫色的
橡林的深处有点点灯火
毛利人村居点白人别墅
深巷里飘来"小城故事多"……

皇后镇

——《澳洲诗抄》之三

哪一方星座掉落到人间
嵌在这雪山下坡坡坎坎
南岛的皇后头戴着珠冠
笑迎旅人以安谧的梦幻

夜街的小镇喷五条光流
黑皮帽女郎驾摩托飞游
镇后的奇峰是滑雪驻点
巅顶的灯云像光的浮鸥

威廉姆的铜像眼神悲悯
怅望淘金者无名的坟茔
石板的马路，尤加利树
飞倦的白鸽扑闪着梦影

远山皑白得肃穆而神秘
瓦卡提昔湖则蓝得静谧
湖滨，波西米亚的浪子
怅望着千秋雪琴声凄迷

湖中的绿洲有木船停泊
洲上的桉林漏几点灯火
故家的杭州是种柳树的
可有人念我的芒鞋破钵？

悉尼
——《澳洲诗抄》之四

风浪与阳光嬉戏的海湾
如虹的大桥,快艇,三角帆
山坡的别墅扇形地排开
红瓦白墙间是草坪冷杉

麦考利大街的日影迟迟
摩天楼,"宝马"追逐着"奔驰"
鸽子却浮满了海德公园
碧水,红柳,银色的扑翅

哪去了,南威尔士大荒原
渔猎的年代,木桨和弓箭
哪去了,亮月升起的时候
棕榈树,篝火,毛利人初恋

我恍见菲利普举起火枪
不列颠在这里盖下私章
血和泪掩映的古老灯塔
驱散了海湾的世纪苍茫

文明冲刷尽人类的恩仇
贝壳型歌剧院新演春秋
无云的苍穹蓝尽了海天
有朵朵澳航的班机浮游……

澳大利亚

——《澳洲诗抄》之五

在这蓝天与碧海间眺望
星星真灿烂,日月亦明亮
太平洋红橙黄,海天茫茫
你拥有生命华美的殿堂

在这白云与羊群间周游
空间多遥遥,时间亦悠悠
阳光城水风柳,牧场无边
你拥有心灵无忧的自由

在这海滩与草坪间流连
涛声真透明,莺啼亦溜圆
悉尼港车艇桥,鸽哨隐隐
你拥有生命安宁的家园

在这闹市与花园间寻梦
牧笛如泉鸣,街衢亦流虹
墨尔本光声色,夜雾沉沉
你拥有世纪温馨的风韵

在这历史与现实间哦吟
合理是荒谬,残忍亦文明
殖民战仇苦泪,火炮阵阵
你拥有生态新组的意境

霓虹

世纪的荧屏上幻影闪现——
"泰坦尼克号"有回顾的凄婉……

绕过剪秋萝该还有谁呢
欲重访那块多梦的野地
烟水迷茫处再也寻不到
闪电的回眸,春的心悸……

那就让东吴船飘尽迢遥
西岭千秋雪透明了夜祷

可是亚细亚又吹来季风
崖上的映山红伴着孤云
青春的祭坛,神秘庄严
生命神怎破译灵台霓虹

绿藤悬窗时爱已神圣了
芒鞋破钵,美丽的迢遥

悼子铭（一）

2005年10月31日晚，我赶到南京大学，欲参加翌日子铭遗体告别会。是夜心难自释，独自久久徘徊于北大楼草坪，念及五十二年前我们曾一起在此参加迎新晚会，并做入学仪式。可如今已人天遥隔，生死茫茫，不觉大恸，吟成哀歌二章。

是幻觉凿通了时光隧道
我竟又回到辽远的昨宵
古藤北大楼，彩灯草坪
恍现着迎新晚会的情貌

十八岁，小溪流一条一条
从各处流来，穿越迢遥
神圣的仪式会祝福我们
茁壮的成长，暮暮朝朝

敬爱的系主任方师光焘
笑哈哈坐着像一尊铜雕
瘦竹师领唱起《歌唱祖国》
温暖的大家庭，月圆花好

我和你在这时也相识了

紧紧地握手，搭起心桥
你说这时代，生活多美
我说这人生，艳阳芳草

可幻觉终究成残梦缥缈
北大楼前有回忆的伤悼
我是来送行的，明天你走
冥河上已吹响青色的螺号……

卷四 鹧鸪天

悼子铭（二）

青春的生命是五月晴空
鸽哨悠扬出蔚蓝的无穷
南园的第四舍彻夜灯光
我们有禾苗拔节的葱茏

藏起了小夜曲忘却春梦
日夜把屈原、荷马追踪
祖国的召唤就该是理想
精神的白发在灵台绝种

你爱上《子夜》呵，美丽的《虹》
我恋上《大堰河》，动情的《解冻》
我们只知道去拥抱今天
哪料得明朝有不测风云

我于是放逐到瓯海耕耘
心枷也铐瘦你的创造梦
茫茫瓯江边我呼唤着你
江风鼓不起希望的帆篷

等渡尽了劫波，故友重逢
我们竟没遗失鸽哨，晴空
腾跃吧向巅峰，可你走了
冥河上螺号吹得太匆匆……

枫桥夜泊

你这通天河上
不羁的惊魂
以羊皮筏强蛮的激情
穿越栈道篝火
峡谷猿鸣
一蓑蓑风雨
终于幻变成姑苏篷舟
飘进丹枫岁月的那一刻啊
我那炊烟
我那霜色的暮砧
我那青藤缠绕的枫桥
盼你渔火夜泊了
——在寒山寺
钟声,天蓝的梦里……

2009年春

西王母之歌

静静的唐古拉雪冈
有雄鹰啸声悠扬
它箭一样穿过峡谷
盘旋在青海湖上

这儿是圣灵的故乡
冰草花遍地开放
你又站在沙枣树下
望雄鹰把人怀想

——他定会再来的
和我穿行在河湟牧场
日落了,月圆了
牧帐是新房……

油菜花飘来浓香
驼铃把星星摇亮
日月山抖开绿色的草滩
经幡在流荡

却没有八骏扬起尘浪
牧笛吹不来幻象
倒淌河流远了
千古的苍茫……

2016年秋

夜步贵德城郊

会来的,还会再来的
当梨树结果的时候
一痕弯弯的新月
钩住了新秋

我会再在那杨林边
听夜鸟啁啾
星星离得那么近
想摘,就只要伸手

燕麦已割完,芦花开了
农舍的灯光初透
白墙里可梦着
风雪天嚼草的牦牛

呵,这可是天路上
一个美丽的垭口
给了我灵魂的安逸
但明天还得前走

会来的,还会再来的
再来黄河第一座桥头
望江南甩开衣袖
在高原悠游

2016年秋

雪线上

岁月的车轮已拉我
进入雪线了
极顶的奇迹
你在哪儿呢

这儿听不到
沸血的霜笳连天
也没有
金砖的凯旋门
这儿看不到
鲜花盛开的那一片心灵牧场啊
也没有
夜莺,玫瑰,小夜曲……

就在这时,祭坛上
烛光亮了
篆烟氤氲了
帷幔神秘地拉出
宝盖珠幢
金身法相

呵 是何方天神执柳枝
蘸着净瓶水

来荡涤我那双眼睛呢
且赐以
千里莺啼的祝贺：
"你将会拥有'天地之悠悠'……"

我乃惊异于自己看得如此辽远了

惊异于竟看到
冰山雪莲
远岛炊烟
珞珈山上的贝叶树啊
竟看到
滔滔星河边
停泊的飞船……

于是，在这雪线上
我要把时间的天涯
空间的海角
尽收眼底

为历史作真美积聚……

野火

远夜,大江边
野火熊熊……

光之手
血一般猩红
竟把被春梦禁锢的十九岁
摇醒了
你于是推开门,疾步
奔向旷野

那大江
一刻不停地翻腾着
猛扑高岸
野火,被四溅的
浪沫扑灭了

旷野重又变得漆黑一团
奋进的路
还能赶吗

瞬间犹豫,一个甲子
随江水而逝
无情的雪花纷纷扬扬在

头顶……

可天地间却也因此而闪起
白发的亮丽来了
你乃说：
"走，趁最后一点光！"

呵，已灭的野火
在心头
突兀复活
神秘而悲慨

2015年3月14日80岁生日作

我的路

船是一条水上的路啊……

在时代的大江边
我日夜设计着
一条船
为它装起
希望的风帆
意志的桨

于是我拥有我的路了
通体透明的
路
映着太阳的
路
浮着云彩的
路
与渔歌相伴，与荇藻缱绻的
路啊
动荡中前进的
路

我的路要穿越

白令海
寻找好望角
我的路要拐进
莱茵河
听女妖歌唱
我的路要绕回
零丁洋
探访照亮史册的丹心啊
我的路还要重过
黄鹤楼
纵目而视如虹的大桥

呵,我祈求灯塔
照亮我灵魂的夜航
我祈求风暴
把我的路永远筑在
惊涛骇浪上

但我诅咒船坞,诅咒
霓虹夜游、笙歌安乐的
避风港——

那会是人生的
末路,等着我

珊瑚枝

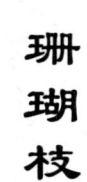

你说:你已深深爱上
珊瑚枝吗?
是的,珊瑚枝在太阳下
是有闪电样飘忽的
光芒的
是有罂粟样迷幻的
色彩的
它会使你
像听到五月晴空的
鸽哨,会使你
像梦到羊皮筏闯入的 黄河源头
神秘的玛瑙窟啊
还有那朵
亮丽出宝窟来的篝火
可太阳一落
珊瑚枝
就蒙上暗灰色了

呵,我不要
借来的光彩
装饰自己

求是村边的林荫小道

求是村边这一条林荫小道
是石砌的
而一方方砌路的青石板
竟采自
认识我那童年的
紫薇山呢

于是,细长而光滑的
路
像一根琴弦了
能把我辽远的记忆、美丽的忧伤
拨响的
琴弦了……

我乃有怀念
怀念山坡上那一片
山毛榉
怀念透明地歌唱的
枫溪江
怀念枫溪江边的水磨坊
怀念水磨坊后面的
故家

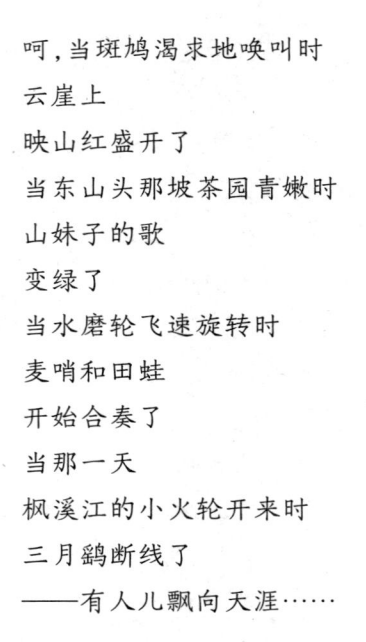

呵,当斑鸠渴求地唤叫时
云崖上
映山红盛开了
当东山头那坡茶园青嫩时
山妹子的歌
变绿了
当水磨轮飞速旋转时
麦哨和田蛙
开始合奏了
当那一天
枫溪江的小火轮开来时
三月鹞断线了
——有人儿飘向天涯……

四月,黄昏
亮月的清光泼湿了
林荫小道
也泼湿一个白发人散步时的梦

我仿佛又听到
山妹子的歌声
又闻到

映山红的芬芳
还有枫溪江上的小火轮
枫溪江边的水磨坊
在诉说着
远离家园者的伤感呢

在我缓缓行步中

古运河边

古运河的水
已孤帆远影地流走
十四个世纪
当年,一个腊月的暮天
垂钓者从山地来
钓起了
一方液体的历史——

呵,漆黑的天幕
火光腾起
杀喊声
一个乱发的少妇踉跄地
跑到河边
哭泣着
跳进水里……

他也哭了

今天,一个十月的午后
垂钓者从平原来
又钓起
一方液体的历史——

呵，快艇飞掠过

拱宸桥洞

酒旗风

一个披发的少妇沉溺于

漂流书亭啊

那婴孩

在背袋里呀呀咿咿

……他笑了

飞船

从亚细亚黎明的港湾驶出
宇宙开拓者的飞船
穿过太阳上
浑沌而又漫长的黑洞
飞船
航在银河里了

云的荇藻
星星的螺贝
有翼的小天使骑着大象
在河边游荡

而迢迢银河就流在宇宙的大草原上啊

草原上，风车的巨翼
在旋动
汗血马
在奔驰
贝叶树上的雄鹰
箭一样射向远天……

花,遍开着
青春,泛滥着
飞船
扬帆航行着

呵,这里不会地老
也没有天荒

荒江风雪

呵，无边的大江无声地流着……

而雪飘着
一只小船、孤单单飘在
荒江上

前面是路碑，呵，路碑
出现了
他眼前一亮

于是他泊下船，矫健地
上岸
把一粒红豆
种在路碑边

他年春天
会有个飘泊的
歌者，前来采一朵
毋忘花
赠给长睫毛的
女友吗
想到这里，他笑开了……

小船又扑进
风雪里……

呵,无边的大江无声地流着

而他,也依旧孤单单
划着桨
这时,头上已斑斑点点
积起了雪花

却也迎来又一块路碑,他
又泊船
打从船舱里背出
一棵月桂树苗
种在路碑边

想着他年秋天
会有远行客坐在树下
数星星
怀念家园
他也笑开了

小船又扑进
风雪里

呵,无边的大江无声地流着

终于,那只小船
残破了
划行在荒江风雪里的
他
头上也堆满雪了

当又一块路碑映入
眼中时:他喃喃
自语:"是时候了!"
然后把小船
沉入江底
蹒跚地上了岸

他在路碑边刨开
冻土,又剖开
自己的胸膛
捧出颗热气腾腾的
心

埋进去

他年,这里会长出一棵
苦楝树
让他看着飞倦了的候鸟来树上
栖息啊
他笑着倒下了……

呵,无边的大江无声地流着!

鹰的高度

长夜。严寒……

月已落,栖鸟
在巢里呓语

鹰是不筑巢的
它栖在芦苇丛中
两翼积满繁霜

小河冻结了
苇草冻僵了
鹰呀,也会变成
冰雕吗

不! 为超越严寒
它　振翅
扑向初升的太阳

飞
飞越挂满冰凌的茅屋
飞越青苔惨黄的古塔
飞越流泉噤声的山峦
向上,

更向上

这是一段凄艳悲慨的飞程啊
高度
终于使鹰拥有越来越强烈的
阳光，拥有
更多热量

于是，两翼的繁霜
溶化了
和严寒一起
抖落了
鹰，重又矫健地
啸傲青空

呵，我赞美
鹰的
灵魂高度

泛滥

当太阳冻结在云层上
当流水冻结在河床中
当绿色冻结在脉管里……
你说:你诅咒
这时日吗
我说:你就从低矮而幽暗的茅屋里
出来吧
去倾听大路上传来的
隆隆车轮声

季节的车轮
会运来一车红梅熊熊的
火焰呢
会把冰砌的世界
芬芳地熔化呢
那时,冰的太阳会解冻
阳光泛滥了
冰的小河会解冻
流波泛滥了
冰的枯草会解冻

绿色泛滥了
冰的灵魂会解冻
血液泛滥了

新的季节也会泛滥起
归来者
生命的青春……

卷四 鹧鸪天

梦

你说:要把你的梦
沉入心灵的幽谷吗
可那里
是没有阳光的
也没有
生命的歌曲
我可要把
梦,装进时代的列车
让它合着历史铿锵的
进行曲
驶向
智慧的明天
为一代文明
添一笔彩色

彼岸

很多年以前,我从
深山来
要去彼岸

听说彼岸的贝叶树林中
有个藏宝窟
那里藏着蓝田玉
是能砌墙的
藏着金箔
是能做瓦的
还藏着霓虹织成的地毯
是能铺地的

而珊瑚的篱笆上
挂满了夜明珠
——那浅蓝的珠光
是柔和得能催人
做梦的

我决定去那里
寻找
我要用宝窟里那些珍藏
造一座檀香氤氲的

梦宫

可就在这时
我邂逅她了
——扇着双翅的
天国女郎

我记得灵岩的野峦里,她
悄声说:等那时
会飞去祝贺
并与我在梦宫
一起寻梦

我于是攀着葛藤
越过高山
我骑着羚羊
跃过深涧
流沙河上我撑起
芦叶船——

飘呀,飘呀,飘过
波涛汹涌的
茫茫大河

终于登上祷钟悠扬的
彼岸了

呵,这里有康乃馨开遍的
大草甸
这里有古塔,云烟中倘佯的
白鹤
这里有碎蹄奔向贝叶树林的
麋鹿

藏宝窟找到了
梦宫建起了
可她没有来,美丽的
有翼天使

她只让青鸟叼来
一顶荆冠
让我戴上它,蘸着
从额头流下的
血写诗
在梦宫

她总会来的,
在我血流干前……

茶马古道

坐在静静的书房里
我听到
神异的丹噶尔
在喧腾——

呵,当星星一颗颗掉进
高原的云雾
东城门传来疲惫的
车轮声
望山楼儿街上的排灯
白亮起来
仓门街的茶肆酒庄
芬芳起来
而城隍庙前,汗血马的嘶鸣
咴咴了
天主堂的晚钟
溶进木梆声
苍茫了……

呵,当拉脊山脉的赤岭
露出晚霞
西城门荡开洪沉的
驼铃声了

那是要和漠风去撕拼的
前奏呢
要把西亚的炎阳光捣碎的
声声锤击呢
而约旦河边的少女
将会穿着红绸裙倘佯了
而麦加的烟篆
也会溶进古筝流漾的
音波了……

在我的灵魂里
有一条
茶马古道
通向空间的无穷
时间的无尽

夜读

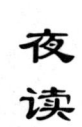

杏花春雨的江南
飘来了谁的歌声
这会是你吗——
生命之神,吟唱在
灵湖边?

素心兰盛开着
红裙在浮荡

我背起吉他走向你
要为你去伴奏
可一团雾
把一切都朦胧了……
只有那歌声
还响在我心灵深处
隐隐约约地

这时,烛影摇红,
梆声响起
《吉檀迦利》从手中
滑落……

季候病

呵,我度着欢愁交织的
江南之夜吗
当暮秋的冷雨淋湿了
帘幕千家,苍凉的
更梆声,我念着
孤舟,小庙的檐铃
远行人茫然踏在
落叶的小径
当阳春的三月芬芳了
楼头一笛,清亮的
梅花弄,我梦着
游艇,广场的舞蹈
有情人牵手进入
月明的柳荫
呵,我唱起心境复调的
人生之歌了……

感觉的复活

这是艳阳的江南春
绿映红了山道
浓荫里
空濛的苍翠
使衣衫水淋淋了
(隐隐如飘来
微雨的暮天)
这是芭蕉的楼头
弦月
半轮的水碧
润湿惆怅了
(脉脉如荡起
幽谷的山涧)
呵,感谢这生命
使我的感觉
又接通美的世界

病后作

幻现

是大草甸绿色的
风吹开
星芒的蒲公英
遍地开放吗
是大海的
白浪,捧出了
泳装少女
驾舢板
作矫健的腾跃吗
对屏幕久久
凝视
使人像山月
掉进
心的云海里
作天地间的幻游了
我乃有生机的
恍然复苏

病后作

暮云

穿出峡谷,也终于告别
苔痕斑驳的
孤岩,和孤岩上
清猿的哀啼了
这忽儿,他竟惊异于
亮丽的远眺
呵,这千里暮云
平展得
如同晓天霜角那般辽远啊
暮云下,康乃馨的
大草甸
羚羊的奔跑
牧女如星的眸光
随着牧笛抑扬声
脉脉流荡……
于是他催动狂旺的
汗血马,向旷原尽头
那海
那灯塔
探求新的征程

2018年春节

雪夜

寒烟使平林漠漠了
苍山，也更迢遥了
这时，故园的柴门
半开着
思念的灯
也亮着
而红泥小火炉上
还温有新酿的酒呢
是等待风雪中
游子夜归吗
可远寺的晚钟沉寂了
巷里，狗也吠倦了
雪地上走来的
归人，却把脚印
留在
村庄的路口
又走向荒野
走向这雪夜尽处——
呵，终极的家园
还在召唤他啊

2018年春节

边秋

黄羊的归蹄已没入
黄尘深处
牵驼人在用驼铃
诉说着
雅丹千古的寂寞
而蒲昌海上，渔舟
也该已泊在
白草丛生的岬角吧
而古楼兰梦影曲
也该在流萤万点的
废城
流星般闪烁吧
呵，这时无边的漠天
竟滴下几颗
暗蓝的
大雁唳声
溅开边秋的叹息了
你乃在衰老的阳光里
拣起胡杨梢头
第一片落叶……

2018年春节

江流

护城河的胭脂水

溶入丝竹声

汇进大江了

而北海边的白草

还记着"携手上河梁……"

那一曲离歌呢

峨眉山上升起的

半轮秋,在云海间

已苍茫数百代了

而黄鹤楼头,月光

也还记着

"乡关何处"的喟叹呢

这些也全都

汇进大江了

呵,岁月的大江

日夜流

把一切都流得迢遥了……

——只有心儿里

那记忆

没流走

2018年春节

胡马

系在古榕树下的
你,猛听到北风里的雁唳
顿生惆怅吗
呵,边城梦也似
荡在心头了
乃记起悲笳声中
中箭的
战士
倒在砂碛里
记起残堡
火光的呐喊
记起白草丛中惊溅出
一串大雁血染的
唳声
全让北风
传遍荒漠了……
于是,你竖起鬃毛
向北天发一长嘶
正月冷中天

2018年春节

越鸟

三月边草
还如碧丝般细细的
可浣纱溪边
桃花盛开了
新月正照在
绿藤缘窗的小楼吧
有人在阶前
怅望梧桐枝头
空空的旧巢吧
于是，羁留燕地的越鸟
筑新巢于
南枝了
让思念从这儿
长亭短亭地走去
会看到苎萝夜雨里
灯下白头人在听檐滴
诉说北地的飞雪呢
这一夜
新巢孕满了旧愁……

2018年春节

云外

梦醒,昨夜星辰里
昨夜的风
已吹走骑麋鹿的你
这忽儿,山雾使野径
游丝般飘忽得
没法儿再寻你
出林的鸟儿竟撞在
断崖上
传来扑翅的哀鸣
而深山何处钟
也成远海的航标灯
缥缈在
无边的白夜里了……
呵,云深不知处
却忽地传来云外
一声鸡啼
迷蒙中啼出一片
新境
——茅屋,柴扉
迎上来竟是麋鹿和你

2018年春节

月涌

当如练的静水映出
素娥的面影
大江奔腾了
碧海青天中那颗
夜夜心
也随激流而汹涌起来
这世界乃有波光
潋滟出
月色溶溶的皎洁
这境界是在
艳丽着天地间的
大荒吗
于是,在江月柳岸边
我拨动夜弦
赞美你
月涌
大江流
一场爱恋持续的奔进啊
那音响
是荷露般流转的

2018年春节

茅店月

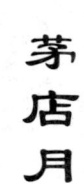

是祖逖五更起舞时
用干将
捅破晓梦吗
是月照大漠似雪中
悲笳声
惊回小楼昨夜的
迷魂吗
你的路乃从草虫鸣声里
醒出来了
这是以茅檐下
闪闪的马灯光
以马嚼夜草发出的
重浊喘息
铺就的又一段新路啊
而微明的东天
已传来冰川雪谷的呼唤
那就告别吧：鸡声
残月斜照的
茅店——
人生道上又一小站

2018年春节

板桥霜

这一条横跨峡谷的板桥
是中断的山路
披浓霜而延伸的
希望吗
早行的探求者感奋着了
那就让料峭风
作出山穷水尽的阔笑
让一片小小槲叶
从身边滑入深渊吧
你的移行
是云岛般镇定的
你的跨步
是锤击般坚实的
这一切
都为了能继续盘山而上啊
就这样,你
终于对峡谷,湍流
完成壮美的飞跃
呵,身后是人迹
板桥,浓霜

2018年春节

海日

引起你回忆的
会是那一痕
云海间苍茫的残月吧
是秋雨一声声
敲打窗畔的芭蕉吧
而一个甲子的
夜夜心
也已成一场
天涯孤舟何处泊岸的
惦念呢
可谁能料得
当生命的尾声
也已嘶哑时
东方无边的白浪上
竟出现一束
轰响的光辉——
新阳,震亮希望的远瞩了
你乃有海日
生残夜
灵的确信

2018年春节

孤烟直

是苦涩而又喘息着的
岁月,把你
涂染成枯黄吗
这儿竟连一丝云
也缠不住一滴雨的
连流沙也只得
在五彩的昏眩中
梦想麋鹿清泉了
可打哪儿竟传来
马嘶的迢遥
古瀚海也徐徐拉开
历史的帷幔
呵,我竟看见了宇宙
造山的意志标杆
劈浪行舟的
征帆桅杆
高扬生命大旗的
尊严旗杆啊
——一缕孤烟升起在
大戈壁,直直的……

2021年12月

落日

时间的长河
已流荡得辽远了
当大地醒来,水云间
那条漂着的
独木舟,也把灵梦
摇得醒来了……
你乃用荇藻编织的
网兜,前去打捞
一个个天蓝记忆:
是晨光熹微里
面壁早读吗? 扫叶楼上
对生之虚妄驳斥吗?
是泉湖边现代浪子
苦涩的牧歌? 怀旧者
泪洒阿芙乐尔吗?
呵,骄阳
西斜里,你乃宣告自己
逸乐的浑圆了——
星沙滩头品逝波
一串韵律,起起伏伏……

2021 年 12 月

寒川

腊月夜。茅屋里
一朵朵桐油灯光
已凋残
云杉的枝丫间
温暖的鸟巢
也被冰凌戳破
淹没在冰窟里了……
雪在飘,村外
那寒鸦的大江
雪落无声
可江边的炼铜作坊
却发散开一喷喷
炉火轰响的光彩
伴奏起来了
红星紫烟里
几个古铜色汉子
也唱起古铜色歌儿来了啊
于是冰封的大江
哗笑了
——带春讯奔向明天……

2022 年 1 月

江清

这清流,是相伴白云的
山涧,和只有牧羊女
照过影子的
幽泉,融合成的吧
如今,越过草坡
跳过石濑
全汇流在旷野上了
于是,闪着魅力的透明
它使蜻蜓和影子的
自己相吻,使鹰发出
长啸,冲入水心……
你孤灯困守的
夜吟者呵
拥有这片莹沏吧
当你荡起桨,去看
水天一色中
那弯眉月时
天地和你更亲近了
呵,心灵的清流上
真美已来临……

2022年1月

钟声

下弦月如钩

已钩尽

残星了吗

栖鸟的呢语

也变得如金沙滩头

飘忽的波光

这时，凝霜于草叶的

夜野

一暗，又漫天地迷幻出

白光来了

是夜的浮沤，在测量

江边的红枫树

对渔火

梦恋的深沉呢

而这时，钟声

忽荡过神秘的夜天

飘进独醒着的

泊船

催促新一轮航程的

开始了……

2022 年 1 月病中

月出

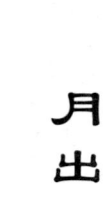

月出皎兮……
南海有鲛人正在
对月流珠时
北国贝加尔湖边的
雪松下
流放者撩开毡门
也对月怀乡了
月出皎兮……
南澳洲,有袋鼠和麋鹿
掠过的棕榈树下
长发披肩的毛利人
开始对歌时
天山的探险者
也穿越苍茫云海了
呵,我赞美
这透明的天涯一体——
月出皎兮
融汇尽空间的
无限,时间一瞬

2022年1月病后

残夜

你说是一条奔放的
伊洛瓦底江水
流过四月的雁虹岭
骚动的高岗,才迎来
千里莺啼的江南吗
那你还值得一提
与云为伴的那一朵
喀喇昆仑雪莲
在千载迷蒙的冰川边
冷艳出
素色的芬芳
呵,褴褛地冬眠着的
田蛙,也受感于
萌动爱情的草根
吐出了一个喧闹世界……
但我却更神往于
星流残夜里
海日以玫瑰色羽翎
拍醒早潮啊
是生之节律,宇宙奇观!

2022年2月病后

晚来

是为的晚来天欲雪吗
红泥小火炉上
酒温过三壶了
白发人乃举杯和壁上的
黑影呢喃起来——
"能饮一杯无"耶
而圈椅也就排演起
送君渭水边的悲慨了
（也夹有折柳而
扬鞭的悲壮吗）
于是，红泥小火炉
成了桥，通向梦幻……
可服侍祖公的少年
却正在惊听街头的人声
"下雪了，好大！"
于是，帘门猛卷进
一波雪，扑灭
炭火，冲垮桥
这白屋，吐出了一个
矫健身影

2022年2月病中

出阳关

跨出畜粪气息的
那道关卡
也就告别杏花春雨的
故园
与啼鹃三更时,离魂
与板桥的梦缘吗
也就埋葬
渭城的
那几粒朝雨
也就决绝
反弹琵琶的胡姬
感伤的诱惑
而浮一大白吗
拓荒人乃踏上
平沙茫茫的征程
发誓让莲叶无穷碧
碧遍白草沙梁
让唱和的故人也来
拥有绿映红的
真实梦幻

2022年2月病后

孤城

谁说我是
远去蒲菖海千里的
那一座孤城
春风被关在
城门外,河边消失了
柳浪闻莺
钻探井也总是
钻不出
山阴道欸乃的桨橹声
不！我生命的孤城
矗立在
远上白云间的
大河之源
我的歌日夜随奔流
越万里平沙
澎湃向大海啊……
于是,我拥有艄公
黎明的号子,万家灯火
拥有无边的
青纱帐存在的尊严……

2022年2月病后

远芳

你说：你沉湎于古道尽头

柳映石桥的古镇

那儿有

早醒的竹排

撑来大山深处

旺盛的生命

青石板铺的

街道

让石灰担挑出的

汗珠滴亮

那儿有青灯吟哦中

寒窗举子

朱砂重园的试帖梦

算命的小锣声

游丝般浮过……

可我却神往于

远芳侵入古道啊

当"奔驰"流滑的车灯

亮响广场舞时

我有神州新镇梦了

2022 年 3 月

尺八

枯坐在春雨霏霏的
楼头，眺望着
迷濛的远山
心，迢遥了
也许这时你正
芒鞋破钵地追踪
季节的身影，叫它
慢点儿随鸠鸣远去
惆怅中我又
为水巷深处荡出
欲断魂的
幽幽，唏嘘起来
这会是尺八吗？——
会是落红遍地的
二十四桥上
一串串终于
远去的跫音吗？
呵，人间四月天
芳菲已尽的浪游人
找不到乡归路了……

2022 年 3 月

远在天涯

呵,你竟是远在天涯
远在
天涯
人说:太阳落下处
就有你在
我赶到崦嵫,赶到传说中
你在的地方
可是不见你
太阳也犹在中天
呵,你还是远在天涯
远在
天涯
我还得继续
走,趁太阳未落
天涯未到
我必须继续走
走,为一世梦昧
一生向往
投入寻求
呵,就让你远在天涯……

2022年3月

春江

是斑鸠渴求的呼叫
唤醒悬崖上
季节的映山红吗
是溶溶月色
脉动在
大江迢遥的潋滟吗
我乃幻思着
是谁初见广寒仙子
倚窗弄笛了
是谁初闻白令海
融冰崩裂了
呵,那就让
流水年华
来圆这一团浑沌
让我忽梦见红装的
伊人,脚踏
滑雪板,掠过雪原
传来大地的春讯哪
心的幽谷
也流霞飘忽了……

2022年3月

钓雪

鸟也飞绝了啊
雪塑的村边
这一条琉璃般的
大江
却拥有孤舟
箬笠
手持钓竿的渔翁
雪飘着……
灰白的旷野,灰白的
枯草岸,这老人
还能钓到什么呢
(荇藻间恋爱的
鱼,全哪儿去了)
要钓时间的大江上
堵流的雪吗
(万径的人踪
也见不到了)
要用钓竿作弓
大江作弦
奏一曲生命之歌吗

2022年3月

心远

晚潮。浪的透明的
险恶,也没惊扰
这独木舟中的弃儿
凝神地
畅望星河的波澜
像白草黄沙的
戈壁滩头
扫尽生命绿色的
沙漠风
使旅人埋进驼峰
去梦炊烟,牧女的笛声
呵,他钟情于香榭丽舍的
车马喧闹
他也神往于栖霞古刹的
红叶青灯
心远地自偏哪
瞧!纽约第五街头
那人儿在仰看
一朵闲云升起了
悠然地……

2022年3月

游子

你曾以忍耐与固执的
驼步
踏遍青春的漠原
时间的大河边,也曾是
背纤的船夫
以春花秋月的跨行
量遍
异国神秘的诱惑
如今,塞纳河畔的
东方游子
忽有黄鹤楼头
日暮的哀愁了
忽有欸乃声中的
山阴道
子规啼唤了
呵,浮云一样飘回去
飘回去
以冰镇过的
游子心意,供奉于
扬子江边的月光中

2022年3月

野旷

是一马平川的
科尔沁草原吧
风吹草低出
牛羊,马缨花
牧帐的炊烟袅袅
是日落芦苇岸的
阳澄湖边吧
饱吸过稻香的
收割机
和小桥流水的暮色
作韵律的告别
抑或是羊皮筏冲进岷江
划向彼岸啊
抑或是峨眉山月送来
半轮秋光……
你心怀大西洋也似的
心灵野旷
使天也低沉到树下了
我乃有对辽阔的
高度神往……

2022 年 3 月

飘泊

你用脚量遍
爪哇的珊瑚礁
雨季的梭罗河上
划着船,却唱起
"九曲黄河万里沙……"
于是你毅然
归去兮,西窗下
剪烛
让巴山夜雨的心魂儿
伤感地去梦
飘瓦的雨淅淅沥沥
可今宵,梦中的长亭
复短亭又把你引向
尤卡坦雨林了啊
宫殿、教堂、碧水的
荒城残墙
寻问废弃的二十四桥
明月夜,吹箫的
丽人哪去了……
——你的心犹在天涯!

2022年3月

一叶

那时,蝉的嘶叫声
已细到没法
把夏天的热烈
牵住了
莲也显露出
少妇丰满的慵倦了
你肩背行囊
走来,惊诧于湖边
芦苇开出的
第一朵小白花
(如同雪山上
一轮红日
有美的庄严吗)
可美怎能随岁月
永存呵
于是,你纳蕤思也似
也发现湖水中
自己鬓边的白发了
呵,一叶落而惊动
天下秋
生之伤感荡开了……

2022 年 3 月

春波

我把乌篷船泊在
春波桥下,问流水
当年她临水映下的
倩影哪去了
心儿里幽幽响起
"已随那一段
潋滟,融入五湖烟波了"
我于是出三江
划入进西湖
南屏晚钟一声声
荡来苍茫
我于是出潇湘
划入进洞庭
君山下,渔火点亮了惆怅
这时,心儿里又回应了:
"等着吧,还会有
浔阳残夜……"
呵,落叶、江流
淅淅沥沥的秋雨声
船舱外,水色迷濛……

2022年3月

云深处

我陷入灵魂探求的
迷茫中了……
认定昨夜的北斗柄下
有美存在
可竹林后面
是飞瀑

穿越飞瀑
是横空峭壁,云涛
又对我滚滚而来
前途全掩埋了啊
绝望里,却传来
钟声,我看见你了
呵,嫩黄的披纱,电光的双眼
绿映红中的莺声告我:
就会有果园,瓦舍
青藤缘窗中流出的
吟哦,水磨坊
则以透明的喧哗伴奏……
于是,鹰飞向远天
我进入云深处!

2022年3月

梦游

春夜，我离开千里莺啼的
杭州，恍然漫游
当广场舞曲还响在
柳浪公园，我已告别
秦淮河桨声灯影的怀旧
融进浦东立交桥
车灯如飞星的人间星座啊
当三峡大坝喷光的
电流，使晴川历历的
古城，有力的歌唱了
我也为千里麦浪的北大荒
收割机改写生活而欢呼啊
当未名湖畔的
阳光大厅，为学术演讲
迎来掌声满堂
卭海边有人儿走进
大凉山，于是我眼里
浮起光的云，飞船腾向宇宙……
呵，枕上片时，梦使我
行走了千里万里！

2023.9.29

烟波江上

生存像烟波江上的行船吗
当水气以如烟的氤氲
使微波脉脉,大江空濛得
更渺茫了
也空濛得望不见家园,望不清
方向,等待它的
是粉身碎骨的触礁
滩涂上朽烂的搁浅
是栖鸥惊吓得扑哧哧游走
南飞的大雁掉几颗
悲悯的长唳在江面
烟波江上使人愁啊
只有灯塔,这光明的
圣者,无论暴雨夜、雪花儿
漫天,总是矗立在大江的
孤岩上,无言地
慰抚这孤独的飘船啊
感召他在春花秋月
轮替中,坚定地走向
时间之流的永恒……

2023.9.30

江流

我们生存在万花筒里的
变幻世界吗
一声春鸟的
啼鸣里冻云散了
而一阵叶笛的浏亮声
飘来新月楼台
清辉的玲珑
篷舟夜雨的淅淅沥沥
延长了浪游者的
怀乡梦,而远帆的
江波,入海迎向
壮阔的迢遥
变幻是美的,可我
更神往于
独坐门前的
江边,听江水日日夜夜地
奔流
这时我有万代同一的觉识了
人歌人哭千万年
都在这流水声中啊……

2023.10.2

夜游

暮春,连江的夜雨
停歇了
残花的江水芬芳着
乱烟的野岸
洞箫声也迷幻出
凉山梦来了——
我是走在栈道上吗
头上是星光,脚下是
深渊里
万点流萤——这天上
人间,已成一体
呵,我竟浮浮沉沉
进入大融汇了……
于是梦醒,船闯入苇丛
我乃漫步在
水天相映的
柳堤,回头望
芦荻花中这只船
船中一点灯
浸在江波里,荡流着

2023.10.3

西岭

你说,那一片云雾群峰
曾经是桅樯林立的
滨海城邦吗
我有迢遥的遐思了
乃推窗眺望
寒山的伤心碧
心里竟幻现出金光闪闪的
古塔,弦歌声声的
宫苑,而朗月的
海滨,一个长裙飘飘的少妇
还推着婴儿车,向淡去的
帆影,默默挥手……
可谁料得这时神秘的
岩浆
会突兀从海心喷出一个
西岭千秋雪
呵,古潜海和它的
文明创造,不全成
时间化石,沧海桑田的
大宇宙伤感,涌上我心头了……

2023 年 11 月 20 日

万里船

呵,大江流日夜
在春花秋月的轮替里
你不也听到季节的
哲人,在向我们作
感喟吗
那你的回应呢
会是在烛影摇红的
忘忧楼,沉溺于
红袖舞低
楼心月的醉梦
会是在天涯孤栖的
慧明寺,入迷于
木鱼敲沉
秋雨声的凄艳
可我不想作这样的自戕啊
就让大江流走我
绿映红的季节,白头的
行程却犹拥有
一艘东吴万里船
越惊涛,去闯大海

2023.11.24

登顶

那天，他在暮春的菜园
咏叹"一片花飞减却春"
这小小的伤感声
却随炊烟消失了
从此他决心走遍天涯
去高歌海市蜃楼梦
于是，举火把出没在
科罗拉多大峡谷
猎奇只引来几点流萤
又进入波西米亚人中
玩魔术，唱着
泼辣的情歌
但斯特鲁加诗歌节上
没有他的声音
不平逼使他跟随登山队
登顶珠峰，向世界呐喊
呵，阿尔卑斯回应以雪崩的轰响了
呵，安第斯也共鸣以破冰的喧哗了
我乃赞美探求者
居高声自远的觉识

2023.11.26

流浪汉

昨夜,浪游中的我在旅舍
闲望窗外的荒野
篝火残亮的河岸
明月正当头,楼下
店门打开,有人背行囊
拄拐杖,向大江走去
"他还要去干吗呢?"
今晚,梆声敲沉
喧闹时,我又向荒野上的
大江闲望,楼下又打开店门
还是他,吹着笛走向
那儿,一艘游艇过来了
呵,那上面竟有汨罗江边的
行吟者,乐游原上
凤歌笑孔丘的
狂徒……
我正欲奔下楼,房门却被打开
那人儿双眼发光地扑来
天涯客相认了:"我是我
自己心里的流浪汉!"

2023.11.27

浣纱石

这可是天界的灵石，掉在
苎萝村的河埠头了
让船来停靠，人来捣衣
一个发髻高高的施家女
前来浣纱明月下
于是，火辣辣对歌，清灵灵
笑，笼着
临风摇曳的倩影
在浣纱石边展现出
纯美的青春……
一天，孤帆一片，却使她在
浣纱石上洒下泪
离家去上演一场
轰动千古的争霸戏啊
从此，浣纱石再也不见
浣纱伊人，千百年来
一颗夜夜心
犹念着水国秋风夜
逝去的孤帆远影
呵，这活着的春秋记忆

2023.11.30

阳光

又一天开始了,书桌上
铺满阳光
儿子从高山流水处发来
短信:"星星峡大桥
已合龙!"
电话铃响,外孙女的
越洋声音:"学位论文
通过,掌声满堂!"
日影横斜时,漫步校园
一对分居已久的学生
走来:"我们已重新决定
一起走完此生。"
轮椅推来,猛站起
一位老友,得意地说
"你不见我在节节胜利吗?!"
夕色了,踏歌而归
钟摆摇来
深宵的安静,你改定文稿
喝口茶,猛挥毫
"我们的生活充满着阳光!"

2023年11月26日

路（一）

想当年,一个星光夜
老樟树下燃起了
熊熊烈火
围猎而归的原人,一个个
背着捕获物走来
分食后,野性地唱哟跳哟
等回去,却找不到
方向。呵,路开始呼唤
他们的智慧
醒来：从开出一条
小径到洲陆大道
从劈成一条
独木舟到江海巨轮
我们的生活建在
车如流星,帆如
奔马里了,却也使
有情人挽手
林荫道,荡舟波光云影
呵,我赞美路把地球
连成一个大花园了

2023.12.1

路（二）

从大雁的展翅飞向南方
路的开拓者也想到
人的飞行了
智慧使他们受蜻蜓
荐引，迎来云海间往返的
新客——飞机
这一条空中道路
使北极和南极
结成邻居，地球也缩小了
呵，告诉我，人类
可还能走向天外
路的开拓者更生出
超越的大胆：让火箭
送飞船到天外，让天路
伸向火星，去星河悠游
中秋夜，某家的
老两口，接到远游的儿子媳妇
来自月球的短信：
"我们已参加了
广寒宫音乐会"

2023.12.2

笔记本

今夜,记录着过去的笔记本
又前来聊天了
它曾虔诚地伴我的智慧
拓荒,珍藏着
我那青春的憧憬,我那
八千里路云和月的
文学追求
呵,我人生道上天淡云闲
惊沙乱雪的见证
又何必再追问南园的
日日夜夜是否发黄,仙庄的
牛栏茅舍,流萤伴着
一灯如豆的夜吟,是否成了
三更梆声的幻影
我遥远了的昨天啊
乐游原上笛一声
呜咽的残梦消散了
从时间的深沟里升腾起来的
这个白头人,却犹在
长亭更短亭地赶着路……

2023.12.5

日月山（一）

我的诗魂是祁连群峰
雪光远映的青藏高原,高原上
那座日月山的清晨
当东天捧出了今朝第一盆
晃荡的阳光,我背着手风琴
从日亭走向东坡
八月的坡地,青嫩的
小麦结穗了,农工们骑着
摩托,打着唿哨,从我身边
流滑而过,钻入进
田垄,惊走了一群群鸟雀
油菜花开了,无边无际地
散发着燃烧的芳香
千万只蜜蜂飞舞在花丛中
嗡嗡声像一阵阵甜蜜的
细雨,滋润着
山野坡地的金黄
呵,漫游在这个欣欣向荣的
地方,叫我怎能不为
今日世界的生机歌唱

2023年12月初

日月山（二）

我的诗魂是祁连群峰
雪光远映的青藏高原，高原上
那座日月山的黄昏
当西天霞彩被暮岚织成
白日的谢幕，我手持牧笛
从月亭走向西坡
这时，新月像一只独木舟
在淡淡的星河里荡流
牧场的草滩透亮成
一湖碧水，我在牧帐外
燃起了篝火，吹亮牧笛
温婉的语言呼唤着吃草的
耗牛，领着一对对白羊
拖着身影，走向了篝火
匍伏在我四周，听笛声静望
天阔，当一颗小星星掠过天空
纷纷好奇的叫出了兴奋
呵，漫游在这个万类共融的
地方，叫我怎能不为
今日世界的和谐歌唱

2023 年 12 月初

日月山（三）

我的诗魂是祁连群峰
雪光远映的青藏高原，高原上
那条倒淌河的深宵
当日月山牧场的牦牛
反刍已停息，天地间只响着
倒淌河的流水声
我拨弹琵琶，徘徊在
河边，这时间之流啊
洄流出远逝的往昔了啊
一只船载着盛唐的乐游原
载着咸阳故道的音尘
送来的文士，缓缓流荡
丝竹声中，大伙儿泼墨挥毫
宫灯的高楼上为重阳佳节
也在抑扬顿挫地唱和
这时我回望东天，晓星现了
幻景全融入第一缕晨光
呵，漫游在这个盛世再现的
地方，叫我怎能不为
今日世界的新梦歌唱

2023 年 12 月初

鸥鸟

一阵剧动！大地撕裂成

巨沟,滚滚泥石流

奔腾出浑沌

刹那里不见了竹林瓦舍,袅袅

炊烟,阳光路上散步的

老人,婴孩的微笑……

一道烈光！海底喷涌起

巨浪,滔滔大海洋

旋流成深涡

瞬间消失了千吨游艇,万朵

云帆,倚栏远眺海景的

旅人,撒网的渔夫……

自然法则从来不容忍

对它的违抗啊

谁敢于去冲击风暴

只会落得个碎骨粉身

智慧者隐避洞中却候来

新世界花容月貌

不信？且看涛声走白沙

飞起了一群鸥鸟

2023.12.6

朝圣

一轮风,约旦河边朝圣的
他,竟被刮进
绝望的大沙漠,却也窜来头
黄羊,驮他穿越过
沙浪,奔见了
泉水、红柳、袅袅的炊烟……
呵,绿洲! 一条命
被土著人捡回了,从此他也在
这里住下牧羊,割野麦
篝火光中和邻里
对歌,深宵时还让野兔儿
钻进被窝
用绒毛为他驱散霜色的夜寒啊
蓝天、黄云……日子流逝了
当那天直升机救他还家
他却说:"圣地在
这里,是个和谐世界
我还得来朝拜,梦中……"
呵,就这样他成了
幻美者,走向诗坛

2024年元旦

星沙滩

撑浮槎上了星河，他竟被两岸
飘忽的彩光迷了
这不就是河蚌在滩涂吐下的
珍珠放出的吗？！
可瞧哪，白鹤和孔雀来撒尿
啄食，麋鹿和大象来追逐
斗殴，璀璨全遭践了
沉默里，他一念闪过：
建一座巨塔，浑身用
这些发光体镶起来
美不就气贯长虹了……
潮起潮落多少年已逝
那天，星河系突发大风暴
黑暗抢走了飞船航向
星沙滩却也轰响出
一道亮！呵，宇宙灯塔
那彩光流荡得多么辽远啊
飞船夺回了航向
我乃有永恒的讴歌：这无名巨匠
至美的创造，创造神圣

2024年1月10日

后　记

　　这些诗是我一生诗歌创作的结集。如果说在郁郁葱葱的诗林中我也算是其中一棵小树,那么它只结了一个果子。

　　这些诗在把握诗歌真实世界上是地球相对时空与宇宙绝对时空的辩证统一。所以它们大多是虚虚实实不分明的。

　　这些诗有对时代的讴歌,也有对人性的抒怀,它们又都是抒情对象消融在心灵中的产物。

　　这些诗的语言是白话、口语、文言、外国语汇的杂凑,对它们所作的一切选择和组合都以意象化为终极目标,所以它们是语调意象。

　　这些诗的形式既有格律体的,也有自由体的,甚至有这二者杂凑的兼容体,总之以达到节奏意象为目标。

　　这些诗的结集出版,应该感谢诗友黄纪云的关怀与支持。

骆寒超

2024 年 1 月 15 日

图书在版编目(CIP)数据

心灵的牧歌/骆寒超著.—上海:上海文艺出版社,
2024
ISBN 978－7－5321－8953－3
Ⅰ.①心…Ⅱ.①骆…Ⅲ.①诗集—中国—当代Ⅳ.①I 227

中国国家版本馆CIP数据核字(2024)第011662号

责任编辑　徐如麒　毛静彦
封面设计　武克非

书　　名	心灵的牧歌
作　　者	骆寒超
出　　版	上海世纪出版集团　上海文艺出版社出版
地　　址	上海市闵行区号景路159弄A座2楼　201101
发　　行	上海文艺出版社发行中心发行
	上海市闵行区号景路159弄A座2楼　www.ewen.co
印　　刷	杭州广育多莉印刷有限公司
开　　本	889×1194　1/16
印　　张	26.25
字　　数	315,000
版　　次	2024年2月第1版　2024年2月第1次印刷
书　　号	978－7－5321－8953－3/Ⅰ·7051
定　　价	89.00元

(敬启读者,如发现本书有印装质量问题,请与印刷厂联系 T:0571-88083536)